Life 05
Kani no Oyako
Nou no Oyasumi
Million years bookstore

人に打ち明けられない心の動きをしている時期が、たしかにあった。今はどうかと言われたら、首をかしげる。

思い返せば、それは打ち明けられないというより、打ち明けたいのにどうやって表せばいいか分からなかったのだろう。かくかくしかじか、で済めばいいが、話せば長くなる。話が長い人や、自分の話ばかりしている人は嫌われる。他人の話に耳を傾けられる人のほうが、求められる。私もどちらかと言えばそういう人になりたいと思っていた。

けれど、どうしてか嫌われる準備が整ってしまった。心が突き動かされて、このことを残しておきたいという気持ちが上回った。そしてあふれたようだ。

目次

脳のお休み

01

記憶は海に似ている。

満ちていて、荒立ったり凪いだり、ありふれた例えだけど、寄せては返す波が頭の中や身体のあちこちでざぶざぶと、潮騒とともに起こっている。

記憶は何にでも結びついている。音、色、匂い、肌ざわり。気候、季節。

そうやっていろんなものに紐付いて、はっきりと覚えている光景がある。

まったく同じ道、同じ時間を歩いているのに昨日よりも眩しく感じた。中学校までの通学路に流れる濁った川の河川敷で、ぶいぶい飛び回る羽虫の姿がくっきりと見えるようになった。

日差しは彩度を上げて、地面に届いている。

私は歩きながら、幼稚園の庭にあったプラタナスの木の葉を思い出していた。五月の光線は、その大きな葉を黄金色にふち取っている。葉は外側から光にのまれて、燃えていきそうだった。四月に転園してきたばかりの私は園庭のすみで突っ立って、この木が燃えたらみんな悲しがるのだろうか、と眺めていた。背の高いプラタナス。幼稚園が大事にしている、象徴的な木だった。

五月中旬ともなれば、学校でどんな顔をしていればいいか、誰と一緒にいればいいか、心得るようになる。私は「お笑いっぽい感じ」でいきたかった。中一はさんざんだったから、今年はいい居場所を見つけたかった。お気楽で、ばかな感じ。

中二の私は体重が平均以上あり、身体のどこをどう触っても太っていたが、自分が太っているのではなく、周りにいる子たちが痩せているだけだと、その丸い身体をあやしむことはなかった。

けれど、自分の姿が映る鏡を見ることができなかった。顔中ににきびがあったのだ。なんだそんなこと、と思うだろうか。

校内のいたる所に設えてある姿見や、トイレの手洗い場の鏡。同級生のポケットに入った折りたたみ式手鏡、プリクラコーナーの化粧ルームの鏡、とプリクラ機。そういった鏡を前に、私が正面を向くことは卒業まで一度もなかった。中高一貫校だったので、六年間。一度も自分の姿を真正面から捉えたことはなかった。弓道部に入っていたが、勘が鈍く、型を重んじる武道にもかかわらず鏡を見ないことも相まって、成績はあんまりだった。

　自分の表情を捉えることなく目を伏せ続け、そのうち自分の顔がどんなだったか、分からなくなる。

　その頃は皮膚科に行くという選択はなく、私はクレアラシルという洗顔料でひたすら洗っていた。周りの人は「汚れているからいけない」と言った。顔をよく洗え、皮脂を取り除け、というように。「パパウォッシュのピュってやつがいいよ」。雪肌の同級生が言うのを聞いて、その広告が載った雑誌の切り抜きをとっておいた。試供品はお試し価格で安かったから、切り抜きを母に見せ、買ってもらった。効果はなかった。

　ねらい通り「お笑いっぽい感じ」の子たちとつるむようになったが、みんな、にきびなんてひとつもない肌で羨ましかった。一方で「もう仕方がないのではないか」とも思っていた。にきびのある肌もあれば、ない肌もある。鏡を見なければ気にならないし、それでいいのではないか。自虐もせず、引き受けて立つ。顔や身体ににきびがある人としてやっていく。

そう威勢よくありたかったが、右太ももに赤い膨らみができたときには目眩がした。首や背中はまだしも、こんなところにもできるのかと思った。

初めはぽつんとできた。その後はオリオン座の真ん中にある、砂時計のくびれた部分に似た並びの三つ星のように一気にできて、膨らみは四つになった。

普段は制服の長いスカートを穿いているから、太もものこの部分を見るのは自分だけだ。体操着のズボンは、膝上五センチの「ハーフ」と、さらにその半分の長さの「ショート」があるが、私が穿くのは「ハーフ」で、これを穿いていればやっぱり見られることはない。

だが今年の夏は、二泊三日の登山合宿がある。どうしたものかなと思った。きっと入浴時に見つかってしまう。

走り高跳びの授業だった。体操着も長袖から半袖に衣替えする頃で、それに合わせてこれまで「ハーフ」を穿いていた子も「ショート」を穿くようになり、脚を出した。陸上部やテニス部は、昨年の日焼けの名残と今年の跡があったりなかったりで、もとは真っ白だが、粗挽きソーセージのようにうっすらと、艶のある茶色になりかけた太ももやふくらはぎがそこにあった。二、三のグループに分かれて跳んでいると、中弛みの時間がやってきて、一緒にいた「お笑いっぽい感じ」の子たちは遊び始めた。さんざん動いて汗ばんでいた。身体にこもった熱を逃がしたくて、牛や馬が尻尾をぺしんぺしんと振るように揺れながら、しゃべっていた。時々吹いてくる、柔らかい風を浴びる。

学校の敷地の外は静かな住宅街だった。ほかは藪だらけの神社や狭い公園くらいしかなく、その内と外との境は生垣で目隠しされている。不足はないように思ったが、グラウンドの様子を覗き見する不審者の情報が回ってくることや、運動部の部員が知らない男につけ回されたという話を聞くことはよくあった。実際、その様子を何度か目の当たりにした。

教師から「気をつけるように」と注意喚起される前に、目ざとい生徒たちは触れ回っている。気をつけろと言われても、自分の陰茎を触りながらこちらを見ている男を目の前に、せいぜい変顔をつくって気持ち悪がることとくらいしかできなかった。

私は、生垣の内にいる自分の姿を外から見られ得ることに対して、決して注意深くはならなかった。顔も身体も芋くさいから、個人として狙われることはないと思っていた。それに、厳しい校則のせいで無遠慮にスクールバッグの中を見られる学校より、女の身体、女学生の身体として外から見られているほうが、自然なことだと思っていた。

ひどい見誤りだ。でも、そのときはそれが、いちばん自然なことだった。自分の身体に求められ得ることは、ただ女であればいいことだ、というような。

私は数メートル離れた所から、そこにだけ葉の生えていない、生垣にできた小さな穴を眺めていた。いまここから出たくなったら、あの穴を潜ればいいのだろうか。体操着で出たら、胸のワッペンの名前で身元がばれてしまうだろうか。というふうに、ぼさっとしていた。

すると一緒に揺れていた子たちは、「ショート」の裾口を両手でぐるぐると巻いていった。靴下を丸めながら、足首に向けて下ろしていくような手つきだった。裾口はどんどん太くなり、脚の付け根で止まってハイレグになる。何してるの、と訊いた。

ひどく暑いそうだ。汗の滲んだ生地が触れる面が小さくなって、喜んでいる。私は次第にどきどきし始めた。

「それ暑そうだからやってみなよ」と言われ、追いかけっこが始まる。私は距離をとりながら、「やらないよ」と笑って返した。服の裾を引っ張られたが、先生の笛が鳴って、うやむやになった。まだどきどきしている。今日はやらずに済んだが、暑い時期になり、このドーナツ裾が流行りでもしたら、いつかやらなくてはいけない空気になる。やったら、太もものにきびを見られてしまう。

登山合宿は、三か月後だった。それまでには治るだろうと高を括っていたが、ばかばかしい着こなしのせいで煮え湯を飲まされた気分だった。

わずかな救いとして、この学校には水泳の授業がなかった。プールを覗き見する者が多発して、廃止になったらしい。

帰宅すると、私は眉剃り用のカミソリを持ってトイレに立て籠った。腕や脚の毛は剃ったり抜いたりすればいいが、にきびは剃ったり抜いたりできるのだろうか。顔のにきびと同じで芯を出せば小さくなるのか、まずひとつだけやってみようと思った。ズボンを脱いで、便座に腰を下ろす。

制服から外した校章バッジの針金を立て、膨らみから少し離れた、にきびの裾野のような所に浅く刺した。ちくりとはしたが、血は出なかった。次は同じ場所に、カミソリの刃を当ててみた。けれど、太ももの肉ごと切り落とすような怪我をして人に知られたら困る。このまま剃っていいのか迷いながら、刃を当てたり離したりしていた。

十五分以上座っていると、太ももに便座が食い込んできて、痛くなった。どうせ怪我をするなら、早めにして、早めに治ったほうがいい。踏ん切りが付くと、突き出たにきびの裾野に刃を当て、鉛筆を握るくらいの力をカミソリの柄に加えた。そのまま膨らみに向かって滑らせるが、膜のようなものが引っかかって、なかなか破れない。何度か試していると、膨らんだ皮膚の周りに刃の痕ができていた。

この痕から切り込みを入れたら、芯が出てくるだろうか。そう考えた私はにきびの裾野から斜め下に向かって、皮膚の上でカミソリを滑らせた。すると皮は簡単に切れて、うっすらと血が滲んできた。これはいい。血と一緒に芯も出てくるだろう。トイレットペーパーをちぎって刃を拭いていると、太ももの内側から、血があぶくのように出る。黄色い、膿に似た粘液もないまぜになっていた。

これらはなんだろうか。見つめている間に、にきびは血や粘液のぬめりで光沢を帯びて、よけい目立った。芯はまだ出ていないようだった。

トイレットペーパーを左手に巻いて太ももの上に置く。右手も使ってぎゅうっと圧をかけると、芯は、抜けていったことが分かった。左の手のひらの中で、内側からだんだんと柱を失うようにして膨らみは凹んだ。痛みは、火傷をしたときのようにひりひりと遅れてやってきた。

血を止めるのが先なのだろう。私はカミソリの柄を口で咥え、そこにできた穴を押さえたまま、しばらく便座に座っていた。手を離し、にきびのあった所を見ると肉があった。

肉というか素肌というのか、日焼け止めや軟膏の広告で見かける、皮膚の断面図に描かれたピンクの層が見えていた。層の名前も知らなければ、今何が見えているのかも分からない。確かに言えるのは、いつもは皮下に隠れている部分ということだった。

私は思わず笑った。喉の奥から掠れた声が出た。血や粘液が、層を押し上げるようにブブブと溢れてきている。この作業をあと三回もやる必要があった。

傷痕はばんそうこうで蓋をした。一枚では足りず、二枚使った。家の救急箱から何枚も使うと母にあやしまれる。翌日、学校帰りに自分用のばんそうこうを何箱か買い、ばらしてポーチにしまった。

残りのにきびも潰し、自然治癒力は一切信じず、右太ももにはばんそうこうを貼り続けた。結局、登山合宿でもばんそうこうを貼ったまま過ごした。「そこ、どうしたの」と指差されるので、怪我をしていると言い続けた。相変わらず、顔のにきびも治らなかった。クラスを仕切っていた子から執拗に「これ塗ったら治るって」と軟膏を差し出される。どうせ効かない、と思って払いのけると驚かれた。いい薬だったのだろう。「てか、ちゃんと洗ってるの」と深刻な表情で訊かれ、顔を覗き込まれる日々がしばらくのあいだ続いた。

＊　＊　＊

穴が完全に塞がったのは、高校一年になった頃だった。意想外に時間がかかったが、そのあいだに少しだけ痩せた私は「ショート」を穿き、脚を出すようになった。

太ももの薄皮の下には、あの名前も知らないピンクの層が透けて見えているようだった。あぶくのような粘液はいったい何だったのだろう。今もその部分は他の肌の色と少し違っていて、目を凝らすとここに穴が開いていたことが分かる。

八月だった。太陽が照り出す前の早朝に、多摩川に向けてペダルを漕ぎ始める。東京・下北沢の一番街商店街で初心者向けと薦められたその自転車は、ハンドルが山羊の角に似ていた。月経がこなくなって三か月以上経った。身体は綿のように軽い。触れたこともないロードバイクを買って乗り回していたのは、その身体の浮遊感をずっと覚えていたかったからだった。ずっとこうだったらいいのに、と思った。むくみや肌荒れは起こらず、頭痛も腹痛も腰痛も関節痛も、子宮から経血が流れ落ちる時の全身がそこに集中して動けなくなる感じも、ズボンに赤黒い染みがついた後の屈辱も味わわずにすんだ。まるで女児の軽さだった。

二〇一一年は坂の上に住んでいた。

湿度の低い午前の坂道をひたすら下りていくというのは、アスファルトから漂う乾いたゴムの匂いと、よその家でケチャップウインナーを転がす匂い、それに若くて、クリームみたいな風。そういうものを浴びて進んでいく、ということだった。平らな道へ出るまでに通過する坂は大小合わせて三つあり、高台からは、新興住宅の一戸建てが軒をつらねていた。

下りは三つ目、上りは一つ目の坂の途中には、ゴルフの練習場があった。そこだけくり抜かれたかのように土地が広がり、深緑色の人工芝で覆われている。朝はまだ、ボールがひとつも落ちていなかったように思うが、その記憶は確かなものではない。夜間は照明が点いているとは言え、あんなにめちゃめちゃに散らばったボールを一晩で拾い集められただろうか。

坂が終わると、風は止んだ。

小田急線の駅名で言うと、百合ヶ丘から登戸に向かってほぼ一直線。津久井道と名のついた通りを走る。自転車で走るにはあまりにも狭い道だった。かと言って、歩道を走り続けるわけにはいかない。車道に出たり引っ込んだり、危うい動きを繰り返していた。

自転車を走らせるのはおそろしく、何度も引き返そうとした。けれど陽が高くなるに連れて影が少なくなり、もうどこにも隠れる場所はないと思うと、諦めがつく。それに帰りたくもなかった。「あと少しだけ」を繰り返しながら進み、登戸駅を過ぎると、多摩川にかかる水道橋の上にやってきた。

穏和な河川を見下ろせる、清々しい場所だった。鉄橋は色褪せたミント色で、ビュンビュンと通るトラックや自家用車の走行音が、耳の内側を伝って私の身体の中で響く。橋を渡り終えた後も、まだどこかへ向かえる予感がした。

道の端に自転車を寄せ、リュックから日焼け止めをとると、肌の出ている箇所に塗り重ねた。再びハンドルを握ると、京王線の通っている方角へ向けて漕ぎ始める。

後で確かめたら、北西に向かっていた。だが、走っているあいだはスマホのマップはもちろん、案内標識も見ていなかった。あの辺に出るのだろうな、という直感に任せた。道が開いているほうへ、ぐんぐん進む。

失速しないこのエネルギー、ペダルをひたすら踏みつける力というのは、脚の付け根や、足首の一番細い所、足の親指の爪、そういう細部の先端からちびちびと、湧いてきているものだった。かき集めれば、私の身体にもこれぐらい進める力があるんだと思った。爽快だ。

さほど広くはない河川敷で、貸しボート屋と思しき小屋の前を通ると、あたりには手漕ぎボートが三つ四つ、裏返して並べてあった。洗った靴を干しているみたいだった。「いらっしゃいませ」と書かれた幟が出ているが、ひと気はない。

さらに漕ぐと、雑草が束になってはみ出た遊歩道や、猫の糞が臭ってくる道があった。ブルーシートで覆われた家が点在していた。緑道や公園があり、羽虫の大群の中を抜けると、「日活」という文字を見かけた。撮影所だ。

このまま河川敷を進むと帰りづらくなるだろうと思い、適当な角で曲がった。住宅街を抜けると国領のあたりに出て、ふと、このまま新宿まで出るのはどうだろうと考えた。時計もろくに見ていなかったが、文化女子大の前まで行ったら、今度こそ引き返す。

これまでの道のりを思い返すと急に喉が渇いてきて、コンビニに駆け込んだ。５００㎖のペットボトル水を買って飲み干すと、店の前のごみ箱に捨てた。

この道は甲州街道か、あるいはこのまま進めば甲州街道に出るだろうと踏んで、坂を下りていく。国道らしき道だった。手入れの行き届いた、背の高い街路樹が植わっていた。ケヤキやニレだろうか。木々の名前を確認することもなく、走り過ぎていく。

車輪は傾斜によってひとりでに回り続け、私を運んだ。段差や、盛り上がったアスファルトの上を越えるたびに、尾てい骨のあたりがパキパキと鳴り、身体はごくわずかな痛みを覚えた。太ももは小刻みに震えていた。

明大前まで来ると、空腹を感じた。大きくもぐもぐと噛んで、頬張れるような食べ物を欲していた。朝食はクルミと全粒粉パンだった。こんなに走行距離が延びるとは、思いもよらなかった。けれど、こんな所まで来てしまって帰れるのだろうかとは思わなかった。

初台まで来た。西新宿ジャンクションが見えてくる。私はこのジャンクションを支えるネジがひとつでも外れて首都高が壊れてしまうことがありませんように、とこの下を通るたびに願う。

道なりに進むとあっけなく目的地に着いた。踵を返して、再び小田急線沿線を目指す。空腹感を無視できなくなってくると、軽装備で自転車に乗っていることがたちまち恥ずかしくなった。人も交通量も多い道の上で、ペラペラのTシャツがはためく。代々木上原駅で停めると、駅構内のパン屋でクリームパンを買った。

屋外の駐輪場で突っ立って食べていると、だんだんと心細く、情けなくなってきた。行き交う人々はみずみずしく、輝いて見える。生き生きと歩いている。

一心に自転車を漕がずとも、もともと真綿のように軽い人たちが歩いているのではないかと、その姿を目で追った。自分の身体の重たさを、見失っている。それが情けなかった。

口端についたパン屑を指で払い、太ももを拳で叩くとサドルにまたがって、走り出す。

成城学園前駅の近くで、これこそが大豪邸なのだろうというような戸建ての並ぶ一画を抜ける。立派な家にかかった表札を横目で見ると、そこに書かれた姓ごと立派に見えてくる。自分と同じ姓を探してみるが、見つけられなかった。

「富士見橋」という短い橋を渡った。中学時代の通学路にも「富士見橋」はあった。どこにでもある橋だ。どこからでも見えたのだろう。

野球帽を被った男の子と、おじいさんが歩いていた。橋の真ん中には、富士山の見える方角を示すモニュメントが備わっていた。けれど、誰もそのモニュメントに目をやったりしない。富士山も、今は見えていない。夕暮れ前の空は霞がかかっている。

私には見えないほうが好都合だった。あそこに登ったことがある。顔中にできたにきびをタオルで隠しながら、汗だくで登った。そのことを思い出した。

喜多見駅からは通行人が増え、自転車から降りた。背中に目がついているのか、歩行者はわざと行く手を阻んでくるようだった。とぼとぼと自転車を押していると、あっという間に川の流れが見える場所まで戻ってきた。目の前に大きな鉄橋が見えてくると、安堵した。

和泉多摩川駅のモスバーガーに入ろうか迷ってやめ、河川敷の中にある緑地広場を目指した。あと二十分くらいで陽が沈む。ひと気のない通路に自転車を停め、川の前のコンクリブロックに腰を下ろした。あぐらをかこうとすると、どこかから骨の音が小さく鳴った。

リュックをその辺に放り、腰をひねって身体を伸ばす。汗は引き、Tシャツの下はさらさらだった。爪先まで真っ直ぐ脚を伸ばす。

この身体のままがいい、と強く思った。

「生理がこないのはさすがにやばいよ」

そう言った人の顔が浮かんだ。

「将来赤ちゃんが作れなくなるって言うよ」

私の身体にそれが求められることは、あるのだろうかと思った。作る、という言葉にも違和感があった。問い詰めたら、言葉の綾だとか、どうせそんなことを言うのだろう。

陽は沈んでいく。うまくできた半熟卵の色のように、ぼうぼうと燃える空だ。これから、薄紫色のマットな空と入れ替わるところだった。広場にいる人たちは立ったり座ったりしたまま、太陽が隠れて見えなくなるまでそれを眺めていた。

沈み切った後もしばらく、私は動けなかった。こうして空が交代して夜になった途端に「この星は宇宙にあります」と天体のリアルを突きつけてくる。「地球は紛うことなき惑星です」

というのが、さめざめ分かって、ひるんでしまう。

へとへとの身体で自転車を押したまま、一度も漕がずに家路についた。坂の前まで来ると、ゴルフ場には煌々と明かりがともっていた。

02

京都の冷たい風は、買ったばかりのダウンジャケットをあっさりと貫いた。二月。ぶるぶると震えながら木屋町通りを歩いていると、そこを流れる高瀬川に向けて、小便している男がいた。

渋滞で足止めをくらったトラックの運転手が道端にするとか、トイレまで我慢できなくなった子どもが漏らしてしまうとかではなく、そこに来たついでにしていく、という様子だった。散歩中の犬がさっと片足を上げてマーキングしていく姿に似ている。

男は小便を済ませると、ズボンのチャックを上げ、腰を左右に振った。くねくねしたあの動きはなんだろう。服の下から身体の一部を取り出しさえすれば、あんなふうにおしっこできることが羨ましかった。

ところで、私は話の〈たね〉をいくつか持っている。立ち小便の話もそうだ。話すチャンスがあれば、目の前にいる人にその〈たね〉を差し出したい。こんなことがあった、こんなふうに思った。それをただ喋ってみたいという気分。いつでも差し出せるように、集めた〈たね〉をすべて覚えている時期もあった。

街が壊滅する夢の話や、家の中でしか通じないぬいぐるみの名前。学校中で流行っていた『イニシエーション・ラブ』のトリック。星座の由来になったギリシア神話。しりとりで「ん」がついても乗り越えられる単語。今ではすっかり忘れてしまったものもある。

寂しいことに、私が〈たね〉だと思っているものは、雑談や雑学とくくられやすい。自分でもつい「これは余談ですが」「ここからは雑談ですが」などと前置きをつけてしまう。けれどそれは「こっち側」とか「三軍」などの言葉を人に当てはめて物の位をつけるようで、あまりいい気分ではない。

「そんなことより英熟語１０００」とか「そんなことより損益計算書の数字」とか。でも「ん」がついても乗り越えられる単語と損益計算書の中身は、等しく大切なことに思う。

挨拶があって、建前があって、定型文をなぞるような会話ではなく、ただ話がしたい。そこに流れる時間の経過が話の結末を左右するのではなく、助走もつけずあちこちに飛んで、破綻しちゃった話をしてみたい。それは何も、打ち明けるつもりのなかった遠い記憶や、心の奥で祈るように考えていること、密かに好意を寄せている人の話などに限ったことではない。


戦争に反対しています。

差別に反対しています。

私には陰茎がないので立ち小便できません。

私には子どもがいないので、いる人の苦労の裏にある重層的な感情が分かりません。


「それはそうだ」と一言で片付けてしまわれがちなことも、伝えてみたい。その話はタブーだと言われたり、反対に、本質的なことだと歓迎されたりもする話。

口にしてみると、急に胸がとどろいて、汗をかく。「それはそうだ」と言われはしないだろうか。そして私も「それはそうだ」と言ったり思ったりしないだろうか。

私は、話せる人や場所に区別をつけて、内輪だけで揉みあうのを、ずるいと思っている。突きつけられた「分かり合えなさ」から逃げているみたいだ。

あなたと同じ映画を観て、同じ本を読んで、同じ展覧会に行って同じ劇場に行って同じライブハウスに行って、同じスリランカカレー屋に行って、同じギャラリーで買った同じトートバッグを肩にかけて、同じ道を歩いて、同じ花を花瓶にさして、同じお香を焚いて、同じバンドが嫌いで、同じアカウントをミュートしていて、同じラジオを毎週欠かさず聴いていたとしても、私は絶対、あなたと分かり合えないことが寂しくて、嬉しい。

何を消費するかは、何かと繋がるきっかけのひとつにはなる。けれど、それは〈たね〉ではなくて、収穫間近の〈実〉なのではないかと思う。

実ることが望まれる世界。私はそういう、初恋的なものを避けたい。実ったり、成就したりすることが、初めからうっすらと求められている事柄。恋や友情。

他のものが見えなくなるくらいそこには特別な世界が広がっているはずだ、という閉じた態度が嫌いだ。世界の終わりがきて、あなたと共に逃避しよう、そこで口づけを交わしてひとつになろう、というようなうすら寒い瞬間を生きるなら、私は早々に滅びたい。

私だけが知っていることや、知り得ることなどこの世にない。世界には、とことん他者がいる。年輪のように何層にも重なった人々の感情や姿があり、出会いたい人にだけ出会うことはできない。私はこの先も、絶対に分かり合えない人たちの記憶やイメージの中で生きる。その姿は万華鏡の模様のように移ろう。

小学校の正門から北西に向かって十歩歩いた所に、西洋の礼拝堂を模した、結婚式場があった。当時は礼拝堂という言葉など知らないので「城」と呼んでいた。城の入り口は片側二車線の車道に面していて、その反対車線側の遊歩道が、私の通学路だった。

下校中、式を挙げている人たちを見かけると立ち止まって、その光景を眺めた。何か特別なことが起きていて、もの慣れない様子だった。

鐘の音が鳴り、城の、先端の尖った茶色い大きな扉が開くと、腕を組んだ新郎新婦が低い階段をゆっくり下りてくる。沿道には、招待客や通りすがりの見物人が交ざり、祝福の言葉をかけたり、花弁のような薄べったいものを、二人の頭上に向けて投げたりしていた。城の前には、赤いオープンカーが停まっている。車の後ろには色とりどりの缶が紐で結ばれていて、アニメや映画で観たことがあると思った。

——キスってきもくない?

ある日、帰る方向が同じ子たちと城の様子を眺めながら、私はそう持ちかけた。結婚式では、当然のように口づけが交わされる。

金曜ロードショーのシュワちゃんの映画やキムタクのドラマでもキスシーンは見たことがあるが、それが演技だということはもう分かっていた。実際に愛し合っているのではなく、記号的な意味があり、いやらしさを演出している。それに比べて、城の前でのキスは本物だった。短くて、ドラマのように何秒もしているわけではない。あの短さと、あのスケールの小ささが、本当のキスなのかと思った。その後の新郎新婦の表情を追っていると、やけに恥ずかしい気持ちになった。口と口をかぶせるなんて汚い、とも思った。

まいちゃん:くちびるを合わせるっていうのがね
私:みんなの前でキスしなくちゃいけないんだったら結婚なんて絶対したくないよね
はなちゃん:くちびるって言葉もさあ、「びる」ってところがすごいよね
私:そう、そうなんだよ!

自分の抱いている違和感がみんなと似ていて嬉しかった。一方で、汚くないキスがあるとしたら、どんなだろうかと、ふと想像する。口と口だから受け入れ難いのかもしれない。食べ物を入れ、時々吐き出すところだ。では、鼻と鼻。耳と耳、指と指ならどうだろう。そっちのほうが、いいかもしれない。

城の前を過ぎると、まいちゃんがいとこの結婚式に行ったときのことを話した。果物の載った美味しいデザートが出たという。わっと花が咲くように盛り上がった。同じ円卓にいた親戚たちが終始賑やかだったという話にもなり、私は三歳か四歳の頃初めて参列した日のことを思った。

断片的な記憶を探ると、一日の前半は屋外で厳格な儀式を執り行っていた。後半は披露宴が開かれ、私は新郎新婦に花束を渡す役をやった。母の用意した、よそ行きの紺色のワンピースを着ていた。花束と引き換えに貰ったのは、お菓子の詰まった赤いナップザックだった。その、ナイロン生地の肌ざわりを覚えている。

会場にいた女性たちは、ファンデーションで顔が真っ白だった。男性たちは酒で赤ら顔になり、脂ぎった額の前でカメラを構えていた。私も花束贈呈の際に、カメラを向けられた。焼き増しされた写真を後で見返すと、新婦は赤ワイン色のドレス、新郎はタキシードを着ていた。ナップザックを受け取った子どもは、私以外にも数人いた。みんなポカンとした表情で写っている。どうしてここにいるんだろう、という目をしていた。

結婚しようとするとき、何が起こるのだろう。指輪をもらうというのは知っていた。母方の祖母がネックレスや指輪を熱心に集めていて、「お嫁に行くときにひとつあげるからね」と言い聞かされていた。

祖母が大事にしている箪笥の抽斗には、ベルベット生地のケースに収まった様々なジュエリーがしまってあった。抽斗を開けると血や魚の鱗に似た匂いがした。これはいつの、これは誰の、と説明を受けるあいだ、その匂いが鼻の周りを漂っている。触ってもいないのに身体にこびりつくようなあの匂いが原因だったのか分からないが、自分の指や首に装飾品をはめたり巻きつけたりする想像がつかず、惹かれなかった。

キスはなし、指輪もなし。笑うと目が細くなって、歯が出るから写真もなし。窮屈そうだから、どんな色のドレスだって着たくない。歩きづらそうだからハイヒールも履きたくない。肌が痒そうだから、口紅もファンデーションも塗りたくない。

式の途中で酔っ払った親戚が舞台に上がって、下品なことを大声で叫ぶかもしれない。新郎はその光景に絶句して、結婚は無かったことにしてほしい、と言うのではないか。式自体なし。やりたくないことを指折り数える。その表情はどこか誇らしげだ。

形のことばかりで中身のことなど想像もついていなかったが、結婚は必ずしないといけないものなのだろうかと思った。

「あなたたちの結婚相手はすでにこの世のどこかに生まれているんですよ」

担任の先生は、ホームルームの時間にそう言っていた。相手はどこかにはいるらしい。こんなにやりたくないことがあるのに、できるんだろうか。


どこかで生まれている人に、これから結婚相手として出会う。その人と仲良くなったり、出かけたり、同じ家で暮らしたりすることがいまいち想像できなかった。同じ人と、末長く一緒にいることを約束する。それが私にとって、どこまで代わり得るもののないことなのだろう。

好き、という心の動きは分かる。足が速く、勉強ができるところがいいとか、自分より背が低くて色白でかわいいとか。他にも薄毛、自分と同じくらい歩くのが速い、散歩好き、本が好き、表情が豊か。そういう好みについては、いつまでもこねくり回していられる。けれど、その先はつかみどころのない領域に思われた。

次第に私は、ただ一人で生きているのが一番いいのだろう、とそこに潜んでいる暗闇の深さも測ろうとせずに信じ始めた。自分のことだけを好いているわけでも、自分のことしか愛せないというわけでもない。人と出会った後、どれくらい時間をかけて自分のことを開け広げればいいのか分からず、それが気がかりだった。まだ出会ってすらいないのに、よけいな心配をしていた。

＊　＊　＊

亡くなった人を初めて見て、死ぬと肌の色って変わるんだ、と思った。母方の曽祖父が百歳の大往生で亡くなったときだった。白装束に身を包んだ曽祖父の顔には艶があり、肌を補整するためのものが塗られていたようだったが、その膜の奥には仄暗い、灰色が見えていた。

五年後に父方の祖父が亡くなったときも同じだった。祖父の最期は病気によるもので、その症状が関わっていたのかもしれない。けれど、老衰でも病気でも行き着く先は灰色のようだ。

棺を目の当たりにすると、自分も死んだらこの箱に入るのだろうかと思わずにはいられない。触れてみるとただの木箱なのに、眺めている間は随分、異質な箱だと思う。あそこへ入ることになったら、何を一緒に入れてもらうといいのだろう。

この話はたびたび同級生との〈たね〉になった。

私は参列者にローストチキンを振る舞えるよう、大きな鶏肉を入れておいたらどうか、と言った。それを受けて、ポップコーンやパンも作れるんじゃないか、と提案する子がいた。食べ物の類は盛り上がる。「不謹慎」という言葉など出なかった。笑って、呆れて、「あれは火力が強すぎるから」と最後に誰かが言って収まった。どれくらいの温度で燃やすのか、誰も知らなかった。棺の中身の他にも、出棺時にかけたい曲の話や、遺影はプリクラではだめなのかという話が出た。

思い返せば、生きていれば死期は選べると錯覚していたのだ。まだ死んでいないという安心感がそうさせていた。

強盗殺人や無差別殺人を怖がり、拉致監禁や交通事故、不慮の病、天災などを恐れていても、どこかに選びようはあるだろう。その態度の示す先には、今まさに生きている私の命そのものがある。

曽祖父を弔った後に食べた中華料理のハルマキの味や、祖父の葬儀場のラウンジに用意された大量のまんじゅうの味は、まだ死んでいないから愉しめるものだった。肌が灰色になった人とそうでない人。コントラストがはっきりとしていて、その区別は心強いものだった。

ここにいる／いないが彫刻みたいに、平面から浮かび上がっている。棺を目の当たりにした私の頭上には吹き出しが現れて「ここにまだ生きている人がいます」と、見えない誰かに宣言されているようだった。

曽祖父も祖父も夏に死んだ。

祖父は病院から家に帰って安置された後、虫のように蠢くものを身体からぽろぽろと出した。どうやって片付けたのか誰にも聞けなかった。暑さのせいだったのだろうか。

祖父が死んだのは私の誕生日だった。危篤に片足を突っ込んでいた前日、見舞いに行って、病室で管に繋がれた祖父に話しかけた。

「昔ユニクロで服を買ってくれたよね。誕生日だから三枚まで買ってやるって言ってくれたけど、選び切れなかったよ」

一緒に病室にいた父が朝刊に挟まったチラシの束を掴み、私に寄越していた。そのうち一枚がユニクロのもので、祖父の足元に広げながら喋った。

「覚えてる？」

返事はなかった。最後に会話したときのことを思い返すと、いかにも医療用品らしい液体の入ったバッグの管を服の隙間から通して、ヨタヨタ歩いている姿が浮かんだ。居間で一番テレビの見えやすい特等席に座り、そのバッグも脇に置いていた。がんが進行していて、一時退院中だった。

父は新聞に目をやりながら「もっと話しかけろ」と言った。

「海も山も行ったね」

「そういえば明日は私の誕生日だよ、わかるかな」

するト、誕生日という言葉に反応したのか祖父の上半身がベッドから浮かび上がり、「ぐぼお」という音の塊を発したかと思うと身をよじらせた。人工呼吸器の下で痰が絡んで、苦しそうだった。

父は看護師に声を掛けに行った。溜まった痰を吸引してもらうのだ。

吸引中は見ないほうがいいと言われ、そのたびに病室の外に出た。けれど、ゴボゴボという祖父が発しているのか、吸引器から出ている音なのか判別のつかない音は廊下にも響いていた。シューシュー、という吸引器の風の音も混じっていた。

看護師が病室から出てくると、再び話しかけに入った。あの「ぐぼお」という音の輪郭は言葉の形をしていると思ったが、何を言おうとしているのか聞き取れなかった。

翌日看取られて、私は周囲から「まさか誕生日に」としみじみされるようになった。命日と誕生日が同じというのが、運命的な、特別な意味を持ったことであるかのようだった。実際、珍しいことなのかもしれない。

「誕生日だよ」という私の言葉に反応していた祖父の姿が頭に残っていたこともあって、初めは神妙に応えるようにしていた。けれど、命日も誕生日も毎年やってくる。すると、その日付はただの数字に過ぎないと感じるようになった。

日付や時刻が縁取らなくても、日常は繰り返される。

日付や時刻が存在しなくても、時の流れを知ることはできる。

一方で、その縁取られた世界や「括り」に助けられることはあるけれど、私のこの暮らしを額装して、特別な意味や特別な物語を付随させることは、どこまで大事なことなのだろう。ただ生きているだけ、ただそこにいるだけ、という以外に何もない。

特別な日付や特別な意味を、世界と向き合うための鍵だと疑わなくなれば、自分の心も身体もやすやすと人に明け渡してしまいそうで、恐ろしい。実体のないものに憶測だけで心を預けてしまうような、見えないものだけに心を動かされる生活。

公的な日付も私的な日付も、そういうインスピレーションと結びつきやすい磁力を持っていると思う。

たとえば、太宰治の誕生日と彼の遺体が発見された日が同じというのをどう捉えるか、はっきり言って人の勝手だ。けれど私は、それを特別な意味を持つ話として語るのはどうも嫌だ。物事には全てに理由があるというような、ばかげた決めつけを切り離したい。偶然は偶然だ。

自ら傷を残すこともあるだろうけれど、目にしただけで「そういえばあの日だ」と分かる特定の日付は、いつまでも残る厄介な傷痕に似ている。

十二月八日や八月十五日、一月十七日。三月十一日、七月二十六日。何が起こっていたのか、ただ暗記するように日付と出来事を結びつけるのは怠慢なことに思えるが、実際はその日に何が起きたのか、日付や時間が付随していないと不明瞭で、忘れてしまうことばかりだ。

私さえ覚えていればいいということもない。忘れていなくても、物事は起こったことから離れて書き換えられることがある。そして私は、何かをずっと覚えている代わりに、何かをすべて忘れることがある。その容量は常に限界を迎え、何を覚えて何を忘れるかは常に選択されている。自分や誰かの頭の隅に預けて担保するために、日付のような単位がある。

単位と言えば、幼い頃「あのときこう言ったじゃないか」と挙がった声に対して「いつ?

何年何月何日何時何分地球が何周回ったとき？」とけしかけるのが流行っていた。言っても言われても虚しく、後で傷ついた。

自分の正しさを証明するために、何年何月何日何時何分地球が何周回ったことまで覚えている必要がどうしてあるだろう。

子どもの戯言だと思っていたら案外そうでもない。生活の中でこんなふうに問い詰められる場面はたくさんある。

「またあの日だ」と記憶を探ることや、過去を振り返ることは豊かな行為だ。人が、何かよくなっていこうとするときに必要とされる地図や、方位磁石や、基点だ。けれど必ずいやなことを思い出すこともある。桜の咲く時期がしんどくて仕方ないことや、その季節の風が吹くだけで、やりきれない情緒で身体の内側がいっぱいになることがついて回る。そして、過ぎていく。

私は一片の雲もない真っ青の夏空を見ると、葬儀場に向かうバスの中で揺られていたことを思い出す。シャトルバスの後方の席に座り、めそめそと泣いていた。

窓の外には、かつて祖父と歩いた散歩道が続き、色えんぴつを買ってもらった文具屋や、祖父がしょっちゅう用を足していた公衆便所の前を通った。それらは、その時々の光景として点滅し、消えていく。

たいてい、何か思い出したと思ったら、次の瞬間にはその輪郭は跡形もなく消えてしまっている。かつてそうだったことが、ただ姿を現しただけだ。そこに特別な意味はいらない。記憶の正しさを証明する必要もない。

自分の記憶について書くとき、それは〈実〉を収穫した後の木や更地について話す感覚に近い。だから、記憶も〈たね〉なのだろう。

03

空気中の水分が透けて見えるほど晴れた白昼、高層ビルの間を均一に縫ってできた、ガムだらけの道の隅を歩いていた。ガムは踏んづけられて靴跡がつき、灰色に変色している。あっちにもガム、こっちにもガムと続いている。

パッと画が切り替わると、薄暗い高架下を抜け、これから光を浴びるという場面だった。高架下の天井から割れた電球がぶら下がっていて、それをくぐる形になった。

目の前には格安チケットの販売店が建ち並んでいる。そのうちのひとつに橙色の小屋があり、それは目を凝らすと「大黒屋」だった。近寄ってショーケースを覗くと、美術館の入場券、映画の前売り券、新幹線の切符が一枚ずつ等間隔に並べてある。店の人に「他にないんですか」と訊ねようとすると、目先二十メートルあたりの舗道がズゴゴと音を立て、地割れを起こした。

あっち側とこっち側にパックリ割れた二片は谷折りになり、瞬く間に都会の中心に谷底を作った。ここはどこだったかと考える間も与えられず、身体が傾いた。爪を立て、躍起になって地面にへばりつく。熱を帯びたアスファルトに触れて、指の薄皮がめくれそうになった。

谷底の穴は、大小問わず、砂場に降り始めた雨のようにあちこちにでき上がっていった。突然出没したその穴に、人や車が次々と落下していく。あー、わー、などと叫んでいる。何かが落ちるたびに強風が吹いた。砂塵が舞って、目を開けていられない。

（風つよ）

次に見たのは白色の古いセダンが横飛びして、電信柱にぶち当たる瞬間だった。ばかになった車体のクラクションは止まず、虫の目のような形のハザードランプがちかちかし続ける。これまで道だと思っていたものはぼこぼこと変形し、丘を作ったかと思えば谷に変わった。身体はそのたびに、道の形に沿ってしなった。

取りすがっていたアスファルトが噴き出して、身体は宙に引っ張り出される。見下ろした先には底なしの穴が開いていた。

大黒屋の小屋は、空をつんざく音を立てて倒壊した。近くの地面には、橙色の木片が飛び散った。大黒屋がダメなら、もうお終いなのだろう。

手元を見ると、全体重を預けていた中指の爪は真ん中から上がなくなっていた。真下の谷底の奥には何があるか、ここからは見えない。落ちる前に、首を伸ばして空の色を確かめようとした。夕暮れだろうか、薄紫色だった。すると真っ黒に塗装されたヘリコプターが現れ、目と鼻の先でホバリングした。

パオパオパー。姿の見えない演奏者が奏でる管楽器の音が、祝福のファンファーレとして聴こえてくる。砂塵は金粉に変わり、輝きながら舞っていた。

(終わりって、こういう感じだったのか)

星の終わりを経験するのは初めてだけど、こうしてひと思いに終わってくれるのなら、案外いいかもしれない……。

こんな夢を見た日の朝は心地がいい。何も手がかりなく、谷底に響く重低音と人々のうねりの中で、街が壊れていく。西新宿ジャンクションのネジがたった一本外れるのは怖いが、すべてが一度に崩れ去っていくのなら、そのたった一本外れる怖さが打ち解けるというか、和らぐ。

この頃は落ち着いたが、誰かに殺されることからは逃れられないと考えて過ごしている時期があった。この世には残虐な鬼やトロールのように〈人の命をただ取る者〉がいる、と。四、五歳の頃だろうか。「殺人事件」という単語をアニメやテレビのニュースで知ると自分もいずれ誰かに刺されて死ぬのだと、その順番が回ってくるのを怖がった。仕事帰りの父が家の施錠を心掛けているのか分からず気を揉んだり、腹を刺されるのは痛そうだからと、うつ伏せで寝たりするようになった。けれど激しい殺意を持たれたら、背中からだって何度も貫かれるのだろう。それに気づくと、ますます怖かった。

後に、身体に包丁が突き刺さったことのある人がいて、その痛みについて訊ねたことがあった。「どん」という、ぶつかったような、殴られたような鈍痛を初めに感じるらしい。コピー用紙で少し指が切れるだけでも、息を呑んで核心をつかれたような鋭い痛みを感じるのに、鈍痛という、また別の痛みを受け止められるほど正気を保っていられるものだろうか。

試しにカッターやミニ包丁で自分の身体を刺してみたが、相当な力を加えないと奥まで入らないことが分かった。紙で指を切ると思いの外深い傷ができるが、一瞬の隙に、身体の奥まで入ってきていたということだろう。辻斬りって、こんな感じだったのだろうか。

小学校、中学年くらいだろうか。同級生やきょうだいに平気で「死ね！」と言ったり、言われたりするようになった頃、人の死ぬ理由は、殺人事件以外に何通りもあることを知る。すると理想の死に方について考えるようになり、同じクラスのはなちゃんと、たびたびその話で盛り上がった。

下校中や放課後に遊んでいると、突然「どんな死に方がいい？」と始まる。選択肢には、寿命で死ぬことを入れてはいけなかった。寿命と言っても「その時が来たら、それがあなたの寿命だ」という含みを持ったものではなく、単純に老衰で死ぬということだった。老衰は一番望ましいとされる死に方だった。それで、その次に望ましい凍死がいつも選ばれた。

とはいえ凍死が怖くないことはなかった。寒さに耐えきれず瞼を閉じ、眠っている間に死んでいるのがいいという、痛みを避けようとした発想だった。溺死や焼死、切腹などは当然いやだった。

餓死も挙がったが、どんな痛みが伴うか、まったく想像のつかない死に方だった。餓死の「が」の漢字も知らなかった。食べ物がなくて死んでいくその光景が、頭に浮かばない。

一日三食。食べ過ぎというくらい食べていて、骨の浮き出た子どものポスターを校内で見かけたり『火垂るの墓』を観たりするぐらいでは想像が及ばなかった。世界のどこかにある死に方、というふうにしか捉えていなかった。

私が死ぬ。

それはどういう状態を指すのだろう。

次元を行き来する瞬間移動のように、パッといなくなることではなさそうだ。では、少しずつ存在しなくなる状態に向かうことだろうか。あるいは、まだ生きているけれど、じわじわいなくなる寂しさと、晴れ晴れした気持ちとがないまぜになった瞬間だろうか。

そこまでが「私の死」？

死んだ後、残った人の言葉だけで語られるようになったら、それは「〈私の死〉の死」？

いつか必ず、誰の口からも語られなくなる。波打ち際にあった砂のお城が、人知れず崩れていくときのようだ。天地がいっぺんに滅びる夢を見るのは、あったものがサラサラとなくなっていく時の移ろいが耐え難いからだろうか。

よく、パニック映画の感想にネタバレを含んでしまった人は小言を言われるけれど、私はむしろネタバレしてほしい。その人は無事で終わるのか、助かるのか、死んでしまうのか、死ぬとしたらどんな死に方なのか。怖いから教えてほしい、と思ってしまう。

私は紛れもなく小心者だ。少しずつ綻びながら壊れていく結末を受け止める度胸がなくて、だから眠っている間に死んでいますようにと願う。

いっぺんにすべてが終わっていくことを望むのは、間違っているだろうか。ヘリに乗った、ネクタイをしめたアナウンサーが、

「東京都渋谷区の上空からお伝えしております。天地の境をはっきりと位置付けるものは失われ、家屋や商業施設といった建物は激しく損壊している様子が私の乗っているヘリコプターからも確認することができます。（五秒の沈黙）ああ、なんということでしょうか。人々の暮ら

し と繁栄は、もはやここまでであ……いうことが、証明されよ……います。（ザザッ）この放送を（ザザッ）お聞きの皆さん、これまでのご静聴誠にありが……ました（ズザー）」

とレポートし、けたたましい警報音の鳴るヘリごと谷底にのまれていく。アメリカが舞台なら「オーマイゴッド」や「ワッタァファァック」を言うだろう。そして最後に「アイラブユー」、キスをする。

安っぽい話だろうか。高尚な、厳かな最期を目指して生きるよりいい、と私は思う。

それに、もしそんな出来事の渦中にいたら、あらゆる手を使って生き延びようとする者が出てくる。他の生き物を蹴落としてまで、自分の命に執着する。もうこの星はだめだから、一番に宇宙へ脱出するとか、それができる特権があるとか。そんなふうになるくらいなら諦めて谷底に落ちようかなと思わせる、いやな感じ。

争いは簡単に起こる。

一度抱いた妬みや憎しみを、同じ大きさのまま抱き続けられない。妬んだ相手の大切なものを次々と奪いながら、生き延びていく。あらゆる暴力を持っていることが、動物の性として妙に目立っている。「弱肉強食。人間だって動物さ」というような。

気に入らないことがあって棒で打ったら死んじゃったとか、じゃあ死んじゃった人の持っていた宝や土地は貰おうとか。やったらできちゃった！　それだけなのかもしれない。「やったらできた」と強く強く繁栄してきたのだったら、そういう人が生き延びるようになるだろう。やったもん勝ちという、属性。私の拳にももちろん、その気配がある。

＊　＊　＊

三月下旬だった。夕食を終え、風呂を追い焚きしようと浴室の扉を開けた私は飛びすさった。浴室乾燥用の物干し竿に止まったスズメバチが、その細長い体をぶらんと垂らしている。夕方、外から服を取り込んで浴室に移したときに、どこかにしがみ付いてきたようだ。

私が「うわあ」と低い悲鳴をあげたので、隣の部屋から夫のTが出てきた。「蜂！」と言って指差すと、Tは顔をしかめ、殺虫剤はないかと訊ねた。刺されたら毒がまわって危ない、と急いで殺そうとする。けれど家にはキンチョールしかなく、私は物置からそれを取り出して見せた。

「弱らせたらこれでも殺せるんじゃないか」とTは言った。それがだめなら、叩いて殺そうと言う。私は仕留める気満々のTが怖かったのか「殺すのはいやだ」と咄嗟に言った。生きたまま追い払いたかった。ここで蜂を殺したら、よくないことが起こる気がした。Tは渋々了承して、蜂が他の部屋に入らないよう、開いている戸を閉めに行った。

スマホで「ハチ　苦手」と検索する。すると「薄荷の匂いが苦手」と書かれた記事が出てきたので、ミントの香りがする入浴剤を浴槽に放り込んだ。風呂の湯は瞬く間に、あさぎ色の混じる淡い青色になった。蛇腹式の浴槽蓋は隅に寄せていたが、入浴剤の筒を傾けたときに飛んだ粒が水で溶け、じんわりと同じ色をつけていた。効果があったのか、蜂は羽根を震わせた。

次の一手はお香だった。焚くと、蜂は煙から逃げるように飛び、半分開いていた半透明の扉の内側に留まった。おそるおそる外に出て扉越しに見ると、羽根を閉じたままじっとしている。もう一本焚いてみたが、変わりはなかった。蜂は何を考えているのか、表情がまったく読み取れない。考えていることがあるのか、それすらも表に出さない。

動かないのであれば、そろそろ捕獲してはどうか。洗濯用ネットを虫網代わりに、至近距離から狙うことにした。私がネットで蜂を覆っている間に、Tが透明のテープを上から貼り、隙間を塞いで固定する。蜂はあっけなく包囲された。

私たちは万が一に備え、ネットの上から霧吹きで蜂に水を浴びせた。水攻めすることで、反撃する力を奪おうとした。蜂は、溺れるような心地だったろうか。たっぷり吹き付けると、網目から針を出さないよう、びしょ濡れのネットの上からガラス瓶をかぶせた。

私はげらげらと笑っていた。

針や毒への恐怖も薄れ、闖入者が生活に彩りを与えているような気分だった。この一部始終を日記に書こうかな、というくらいの。でも、刺されたら何が起こるか分からない怖さはやはりあって、愚かな作戦を実行し続けた。瓶の中で弛むネットの網目から蜂が爪を離すと、準備していた厚紙を急いで瓶の口に当て、解き放つためにベランダへ向かった。

ベランダの床に瓶を置き、厚紙をどけると、蜂はネットの中から這い出てきた。水攻めで瀕死寸前になっていたのか、ぎこちない動きをしている。肌寒い風が吹き込んでくると、私はガラス戸を閉めた。

とことん弱らせたことで、誰も刺されなかった。けれど、蜂がこんなふうになるまで攻撃した自分に幻滅していた。外に放したらぷ〜んと弧を描くように飛んで、私がまた飛びすさるくらいの力をどこかに残してやりたかった。

蜂はとうとう動かなくなった。明日の朝もここにいたら、とどめを刺したほうがいいと思った。

翌朝、蜂は姿を消していた。とどめを刺さずに済んでほっとした。水をかけ過ぎたら死んじゃった、いじめ過ぎたら死んじゃった、とならずに安心した。

こういうことがあると、私には十分、暴力に従う才能があるとしみじみする。殺気というのは、容易く伝播するものなんだなと思う。やってはいけないと心得ている状態と、それをするかしないかコントロールできる状態は全く別物に感じる。いつ、誰の首を絞めるか、いつ、ホームから転落させてしまうか、分からない。

激しい怒りを覚えると「こんなやつ死んでしまえ」という咆哮が心の奥でこだまする。幻であってほしいが、私はあの夢のように、世界が終わってほしいとどこかで思っているわけだ。

その世界との向き合い方は、自分も含んだ此後を生きようとする人たちを、ひどく傷つける。

みんな、と言うと誰のことかと思うが、私から見た「みんな」は世界を続けるためにあくせく動いている。なんでも成立させて、成果を出す。成就や集大成が歓迎され、成功者は図太く生き延びる。サクセス万歳！　発展していくことが当然の任務とされるのは息苦しい。土壌が悪ければ、芽の出ない土だってあるのに。

だから、「子孫繁栄」という文字を見かけるとぞくっとする。休む間もなく人の血肉が途切れずに続くことが、本当に起きているのか疑わしい。

それは同じ模様の広がる植物の一部や、分子の図案に似たぶつぶつなどが繋がった集合体を見るとゾッとする、そのグロテスクさと同じかもしれない。繁栄が終わりを迎えても平気な仕組みを作るならまだしも、休まず永続させようなんて、そんなのいつか壊れるだろう。

昔はなんとも思っていなかった松ぼっくりが種を遠くまで飛ばすための造りだと知ると、たくさん落ちている道を歩くのが不気味に感じるようになった。繁栄する気満々だ。けれど、非暴力的な残り方だと思う。植物は賢い。

私は、何かが途切れることなく続くことに良い印象を持っていない。続けていたら思いがけない喜びに出逢うことはあるが、続くことがそんなにいいいか。ここで終わっても、いいのではないか。

＊　＊　＊

二〇一九年の秋以降、毎日日記をつけている。そしてあろうことか、日記を自主制作本として売っている。

日記はそれ以前にも様々な方法でつけていたが、習慣としてつけ出したのはその時分からだった。始めた理由はいくつもあるが、何年も続いた理由は「ただ書いた」という、それだけなのだと思う。

今日何があったかと頭を探れば、乱筆でメモ書きしたような一日の光景がのんきに浮かんでいる。けれど、浮かんだものすべてを書き表すことはできない。日記に何でも収められるのは確かだが、一日のうちに起こったことの奥行きや深さを余すことなく書き残すには、その形式は自由度が高く、かえって向いていないように感じる。

印象的なエピソードがたくさんあるからではない。残すことが何もないと思い込んでいる一日にも、あまりにいろんなことが、実は起きている。そして、私はそれを意図せず目の当たりにし、脳裡に預けている。

部屋から一歩も出なくたって日記は続けられる。

布団の中で動けず、ずっと泣いていたとしても、その布団のシワが同じ位置にあり続けることはなく、涙の染み込んだ枕カバーから、毎日同じ匂いがするとは限らない。何日も動けず風呂に入れなかったら皮脂が出るし、その臭いが漂ってくるし、爪も伸びる。その伸びた爪で髪の毛を掻けばフケが飛んで枕につくし、爪の中にもフケが入る。フケが入った爪をどうでもいいと思うか、掻き出したいと思うか。人差し指の爪に入ったフケを親指の爪でスライドさせて掻き出せば、出てきたフケの塊はその辺に放るのか、ティッシュを取りにそろそろ起き上がれるのか。

実際、こんな生活の最中でも日記をつけていた。途切れなかった。それが少し怖かった。ペダルを漕がずとも推進力を保った自転車のようで、どこかにぶつかって雲散霧消しそうだった。けれど、臥していても何かは起こる。何も起きそうにない、という雰囲気すら起こる。そんな、言葉よりも音が先行しているような空間に生きているのだから、すべて書き残そうとするのは、表現力がどれほどあっても難しいはずだ。これだけは残しておきたい、と厳選して綴ったとしても、それは難しいはずだ。

意味も考えず、ただ書き置く。すべては残せないと知りながらも日記が続いていくのは、私も松ぼっくりみたいに、暴力的ではない形で自分のことを残しておきたいからだろう。書く暴力というのもあるけれど。

意図的に外界に情報をのこすことがはじまったのは、どういうきっかけであったただろうか。森のなかの生活者たちは、他の人間の動向を、かすかな痕跡から判読すると同時に、木に鉈目をのこすなどの方法で、自分自身の痕跡を外界にプリントする。それは仲間への伝達かどうかは問題ではない。それはしばしば、自分自身の道しるべであり、自分自身の存在証明である。それは、イヌが各所に自分の小便をひっかけて、自己の存在証明をのこすのとおなじである。

（梅棹忠夫『情報の文明学』中央公論新社）

紙に文字をかくことがはじまってから事情は一変した。情報は紙にかかれることによって、非時間的なものとなったのである。情報は紙という物質的媒体のかたちをとって、現にそこに存在するのである。文字と紙によって、情報は存在となった。

（同前）

実家で飼われていたウッディは、散歩中、小さなちくわに似たペニスからおしっこを出して、マーキングに勤しんでいた。道端で何度も片足を上げる。その姿は、私を侘しい気持ちにさせた。尿道がすっからかんになっても、いい場所を見つけ、よその犬の匂いがしたら足を上げていた。俺はここにいる、ここにもいる、と付けて歩く。そんなにしなくても、私はウッディを忘れないのにと思ったが、それが彼の残り方だった。

初めて自分のお金で飼い始めたハムスターのクマオは、悪性腫瘍で死んだ。

ペットショップに卸されるハムスターは、その血統の中で遺伝性の悪性腫瘍ができやすいのだと、連れて行った動物病院で聞いた。そのとき獣医師は「たくさん産ませる無理な交配」という言葉の連なりを言ったか言わなかったか、正確には覚えていない。

クマオを死なせるのは自分なのだと思った。ハムスターを欲しがる人がいるから、クマオは生まれてきた。そして、その環境のせいで彼は死んでいく。

日記をつけようと思ったのは、文字を持たない動物との別れも関わっている。彼らは、情報を綴らない。多くを語らない。クマオやウッディの代行として、私はその命について不恰好にも綴ってみる。弔っているつもりなのだ。こんな世界でごめん、という気持ちが根底にある。

日記の中に流れる時間は軸もなく、縦横無尽に広がっている。今日、ふと三年前のことを思い出して書いたら、それは今日だけの日記と言い切ることはできない。時々、書いたものを読み返してみると、別人の日記を読んでいる気分になる。その文章はなんだか漠としていて、未来を意識している様子もない。苔生すことを知らない石ころのようだ。別人に分かれ、いくつもの時間がその数ほど点在している。今日の次は、必ず明日だろうか。明日、ふと一週間前の私を見出す瞬間があったとしたら、それは一体「いつ」の私なのだろう。マルチバースとか、パラレルワールドみたいな話ではなく、そんな話だって明日には消えているかもしれない、という可能性。

インターネットがなくなっても、紙が製造できなくなっても、結局いろんな方法で日記を残そうとするだろう。形のいい石を拾えば、その石でお気に入りの木に印をつけて歩く。雑草を抜いて束にしたら、空き地に等間隔に並べておく。月日が経ち、そこを歩く人が「これは何を表しているのだろう」と考察し、首をかしげる。実は意味なんてない。

そんな遊びは楽しそうだ。そうやってなら自分の痕跡を残してみたいが「血肉を残したい」とは思えない。

私はいつまで日記をつけるのだろう。死ぬまでだろうか。最後には、これまで書いたもの全部、消したい。消したらどんなカタルシスが湧くのか、試してみたいのだろう。

気取ってる。

04

私はセブン‐イレブンの地縛霊だと思う。買い物した回数も働いた店舗数も、ぶっちぎりで多い。けれど近年のセブン‐イレブンはどこか物寂しく、近寄り難い。

ロングセラーの牛カルビ弁当から、迫力が消えた。不景気だ。バイトを始めたばかりの二〇一〇年はまだ、中身がぎっちり詰まっていたように思う。

「今日も一日わたしたちは自信と情熱をもって、お客様には最大の満足を、お店に、商品に対し深い愛情を注ぎ、奉仕の心を忘れることなく、自ら希望達成のために努めます」。

その誓いは何度唱えても、淀みなく言えた試しがなかった。バイトを始めるまで一度も口に出したことのないような連なりだったからだろうか。心を許していない言葉だった。

その次は接客用語の発声。いらっしゃいませ、少々お待ちくださいませ、申し訳ございません。ありがとうございました、またお越しくださいませ、といった挨拶。ひとつ言ったら腰から折りたたんでお辞儀、またひとつ言ったらお辞儀、というのを繰り返す。

終わると、オーナーのいる事務所を通って売り場に出る。シフトの相談を持ちかけられませんように、と足音を潜めて歩いた。オーナーは、学生アルバイトたちから陰で「たぬき」と呼ばれていた。腹だけが出ていて、身のこなしに機敏さはなく、裏で椅子に座っている時間のほうが長かった。

売り場を見回ると、バックヤードから箒やちりとりを持ってきて掃除する。けれど、掃除機で吸わないと取れないごみも落ちている。ざりざりした感触の細かい砂は、ちりとりでは掬い切れない。その店に掃除機はなかった。諦めて、出入り口の近くまで寄せて外に掃き出す。フォンフォン、というお客さんの車の鍵がかかる音がすると手を止め、いらっしゃいませ、という気持ちを伝える。

箒やモップの先に、落ち葉や埃が引っつく。ぐるんと丸まった茶色くて硬い葉は、ツツジの枯れ葉だろうか。バックヤードに戻ると専用のブラシをかけて、それらのごみを取る。掻き出された埃や髪の毛は、ちりとりで掬ってごみ箱に捨てる。済んだら、掃除用具を片付ける。モップは頭の部分が重たくて、真っ直ぐ立たない。何度も倒れるのを直しているうちに、どんどん時間が過ぎていく。

雨の日はお客さんの傘から床に滴が落ち、靴で擦れる。濡れた床はモップを使っても満足に拭ききれない。あのモップの糸は、全然水気を吸わなかった。だが放っておくことはできず、タウパーと呼ばれるちり紙で、滴を拭き取る。

タウパーは、二枚以上使ったのがばれるとたぬきにいやみを言われる。シフト前の手洗い後も使っていたが、たった一枚で水を拭き取るのは難しい。

たぬきは「一枚でも、ほら」と言って拭き取るのを、私に見せたことがあった。その手の甲はまだぬらっとして、潤っていた。

シフトのペアは大抵、私より遅く出勤した。スクーターで通う人、そのスクーターに憧れながら自転車で通う人。一つか二つ上くらいの年齢の人が多かった。私たちは大学生だった。

毎回その場限りの関係性で、喋ることもなく、たまに「携帯の機種何？」と訊かれ「iPhoneです」と答える、「いいなあ」という返事がある。そんなやりとりしか交わされなかった。その頃は、まだiPhoneを持っている人が少なかった。

掃除用具を片付け、外のごみ箱の袋を交換し終えた頃になると、前の時間帯の人たちがぞろぞろ退勤する。その中にはバンビみたく脚の筋肉が引き締まった「おばちゃん」がいた。紫色の紐がついた真っ白い運動靴を履いている。全体的にぴったりした服装の印象があり、エアロビ教室にでも通いに来ているかのようだった。

彼女は自身のことを「おばちゃん」と呼んだ。バージニアというたばこを吸っていた。シフト終わりにマーガリンの入った黒糖パンと一緒に買っていく。レジ打ちすると「これおいしんだ」と言ってパンを指し、微笑む。口紅の色は明るく、唇の延長みたいだった。

ペアの人が入ってきて1レジを開ける。列ができたら2レジを開けるべきだが、その時間はたぬきがお金や公共料金の支払い票などを抜いて、レジ閉めをしているので開けられない。それで二人とも1レジに入り、どちらか片方は商品の袋づめをする。私は袋づめが好きだった。

あざらしが地球を抱きしめている絵の入ったビニール袋は、サイズに分かれて何種類も用意されていた。買われた物の量に合わせ、適切な袋を瞬間的に選ぶ。私は、たばこと缶コーヒーくらいしか入らない最小サイズの袋を気に入っていた。その袋の出番がやってくると、心が弾んだ。

商品を詰めながら、お客さんが家に帰るか仕事場に戻るかして、袋が不要になった場面を思い浮かべる。あるいは乗ってきた車に戻って、袋から缶コーヒーを取り出して飲む姿。たばこを吹かしながら、窓を開けて再び走り出す。少しシワのついた袋は、車内に入ってきた風を飲み込んで膨らみ、窓の隙間から飛んでいって、宙に舞う。

お客さんは人差し指に袋を引っ掛けて、店の外に出る。その背中に向かって、ありがとうございました、またお越しくださいませ、と声をかける。

十七時から十九時前までは、混雑しやすい。その時間帯を過ぎて暇が訪れると、ビニール袋や割り箸などの備品や、お菓子やカップ麺の補充をして過ごす。

陳列した商品が美味しく見えるよう整える「フェイスアップ」という仕事もあったが、私はフェイスアップが得意ではなかった。

後に本屋でバイトをした時も同じことを思ったが、美味しそう→買いたい、と促すような物の並びというのがピンとこない。きれいに並んでいる、とは思うけれど、きれいに並んでいるから欲しくなるかと言えばそうではない。

しかし日中に働いているたぬきの妻やおばちゃんは、フェイスアップがうまかった。彼女たちが整えた売り場を見ていると、ここは確かにセブン-イレブンのようだ、と思った。

二十一時をまわると、塾帰りの小学生集団が来て夜食を買う。

彼らの装いは小学生然としていて、アディダスやプーマのロゴが入ったマジックテープの財布を使っていた。財布には千円札も入れているようだったが、小銭を優先的に出した。お札を出すときは溜息まじりだった。

その集団にはひとりだけ背が高い子がいて、彼は二十一時を知らせる目印になっていた。服装は他の子に比べてこだわりがあるのか、黒い服ばかり着ていた。ドクロや十字架のモチーフを好んでいるようで、さらに目立った。

コンビニは、お小遣いの範囲で行う買い物を見ているのが一番面白い。小さなチューイングガムひとつの子もいれば、フランクフルトの子もいる。ピザまんもいる。夏はそれぞれ、その時々でアイスを選んだ。それにしても、たいがいお金持ちだなと思う。

塾帰りが去ると、スーツを着て、腫れぼったい瞼をした人の群れが流れてくる。図ったように、夕食や夜食、朝食と思しきものや酒の類を買い込む。混んでくると2レジの出番だが、納品の時間が重なる。

袋づめや弁当の温めに追われていると、緑の制服の人が号令みたいな音の塊を大きく発して、台車とともに入ってくる。番重に入った商品を検品しなくてはならない。

これも苦手な仕事だった。何が何個あるのか、指差しながら数えるのだが、数えているうちにどこまで数えたのか分からなくなる。弁当はまだ独立した物体として目に入ってくるけれど、おにぎりがびっしりと一列に並んでいるのを見ると、すべてくっついているかのように見えてくる。それらを数えるときは、おにぎりとおにぎりの間に指で隙間を作った。

スキャンした商品を並べるのは、夜勤の人がやってくれる。

私は、二十二時三分前に出勤して、二十二時三十秒前にレジを代わって働き始める夜勤の人たちが好きだった。寡黙だがやることはやる、といった働きがなされているのが真夜中の時間帯なんじゃないかと、その様子を想像した。紐で新聞を縛る仕草は畳職人のようだった。

退勤すると、私は早々に店から出る。手元に小銭があれば、甘ったるいチルドカップのカフェラテを買って帰った。

大学一年から二年になる春休みの間は予定もほとんどなく、シフト数を目いっぱい増やした。この四年間は母方の祖父母の家に下宿させてもらうことになっていて、そのお礼に、給料が多めに入ると彼らにお菓子を買って渡していた。母いわく、コンビニのお団子でも何でも喜ぶだろうとのことだった。

私は日々働いた。バックヤードに貼り出されたシフト表に欠員があれば、自ら名乗り出た。コンビニでお金を稼ぐのもいい、と思った。一時間で九七〇円もらえる。毎日のように入荷する新商品に囲まれ、安くて美味しい食べ物や飲み物がたくさんある。

今はしていない、というか当時も禁止されていたはずだったが、夜勤の人だけは廃棄前の弁当を貰い、休憩中にも食べている気配があった。

けれど毎日の廃棄量は、それを差し引いても途方に暮れるほどあった。それらを特大のポリ袋へ詰め込んで、普段は施錠されている店裏の倉庫へ捨てに行く。袋は重たく、勢いをつけて、放り投げる格好になった。

店はいつだって煌々としていて、看板の明かりがつかない日はなかったが、その倉庫の周りだけはじめじめと、陰っていた。規則とはいえ、今日食べる物もない貧困者が近くに住んでいるとしたら、そういう人に渡っていい量なのではないかと、思いを巡らす。けれどその理想像も段々と消えていった。作業として繰り返すうちに、陰りに対しても無感覚になる。

お客さんは、かろうじて人の形をしていた。けれど向こうは、こちらを人の形として認識していなさそうだった。「コンビニ店員」というフォルダに入った、フリー素材になった気分だ。それは好都合なことだった。この街にどんな人がいるのか、上辺だけでも、なんでも見てやろうという気分になる。

人や物に直接触れるのが嫌で、ビニール手袋をはめて物色する人。
財布は、開けたらすぐ小銭が見渡せるようなものを持っていて、自分では取り出さず、私にさせた。財布に触れないよう慎重につまみ上げると、その百円玉からは石鹸の匂いがした。

毎月、たくさんの手紙を発送する人。
今はなきメール便というクロネコヤマトのサービスがあり、そのお客さんだった。手紙は三十通以上あって、専用のシールを貼り付けるのが一苦労だった。宛先の住所は津々浦々で、この人がどんな文通をしているのか、それともオークションの発送か何なのか、表情を盗み見ても全く分からない、虫のような顔をしていた。

毎回、電子レンジで温めるごはんとシュークリームだけを買っていく人。必ずこの組み合わせだった。たぬきが言うには、このあたりに住む大学生らしい。雪のような肌を持ち、気が強そうで美しかった。

エロ本を立ち読みだけして帰る、赤ら顔のじじい。

来店するたび、たぬきは「またあいつだ、早く死ねっ」と呟く。初めはじじい本人や、私に向けて発しているのかと思ったが、そうではなかった。

たぬきには、そういうところがあった。急に売り場に現れたと思えば女性の身体をまじまじと眺めて「あの人は細いね、重たい物とか持てないんじゃないかな」「あの人は太い。本当は採用しようか迷ったんだけど、まあ一人くらいいてもいいかなってね」と口に出す。

「あなたもさ、細いもんね」。そう言うと、私の反応も窺わず事務所に引っ込んでいくのだった。

あんなに人が出入りする店なのに、肌が触れたときのような湿りけやその情味を感じたことが一切なく、出勤してみたら跡形もなく消え去っていたとしても、心配するのは給料のことだけだろうと思った。

＊　＊　＊

計画停電は毎日のように実施予告がされていたが、依然として行われていなかった。この日も、一向に内容を聞き取れない町内放送が物々しく、くぐもった音で響き渡っていた。朝五時に起きている祖父は居間のテレビを大音量で観ていて、停電は何時から始まるのかといらいらし、祖母は支度や家事に追われ、しかめ面で右往左往していた。

地震が起きてから揺れを感じない時間はなかった。眠ろうと横になっても一晩中揺られているので、酔ってしまう。仕方なく起きて、2ちゃんねるの地震スレがもの凄い勢いで埋まっていくのを手元のiPhoneでふしだらに見つめていた。

睡眠時間が一層減った私は、頭痛に悩まされることになった。もともと、頭痛が起こると目の奥でスパークしたような、一筋の光が見える。光は、眼球に向かって内側から突き刺さったまま抜けない。次第に呼吸が苦しくなる。一日ならまだしも、長いときで一週間は、その痛みが続く。このときもまさに、その最中だった。

テレビニュースは同じ映像を延々と流し続けていた。それと同時に、速報が秒単位で入ってくる。祖父は「また地震か」としらけた声を発し、気忙しくザッピングしているようだった。こんな事態の中で、何を観たいと思っていたのだろう。


年月が経ってようやく、彼らも私と同じように、ああいった報道から距離を置きたかったのかもしれないと察することができたが、発生からさほど時間も経っていない当時の私は、「またか」って一体どういうつもりなんだろう、と怒りを覚えていた。

でも、私だって高みの見物をしている一人に過ぎなかった。被災者とそうでない者とを分け、「そうでない者」として存在しているのが恥ずかしくて土人形を演じた。

それで、バイトの時間以外は布団に潜って過ごしていた。


祖母は以前から、ノックと同時に部屋に入ってくる人だった。部屋を貸してもらっているとは言え、それはプライバシーの保障されない生活と同じだった。布団の外から「ドライヤー使うんだったら早くやっちゃいなよ」という声がした。シフトは午後からだった。

祖父母が通院に出かけたのを確認すると、居間に行ってテレビの電源を入れた。日が新しくなるごとに、先が萎んで見えなくなっていく感じがした。

知りたい情報ってなんだっけ。こういうときの結末って、どんなんだっけ。堂々巡りの思惑はやり場もなく、それを内省と呼べたらどんなにいいだろうと思うが、内省すらできていない。これが、流されているということなのかと思った。

画面が点くと、怒鳴り声のような音が部屋中に響いた。慌ててリモコンを向けて、音量を減らしていく。ドミノ牌に似た長方形を、ぱちぱち消していくと、ドミノ牌一個分でも十分耳に届いた。画面上にはLやLを反転させた形の枠がついていて、被害状況が流れ続けている。聞いたことのない単語が、テレビという空間に出ている人の口から放たれていた。津波にのまれた町の上を飛ぶヘリコプターから「どこが町だったのか、上空からはわかりません」と伝える特派員がいる。

壊滅状態。生存者不明。消えた町。福島第一原子力発電所、東京電力。お住まいの地域、グループ4。計画停電、節電。自粛、不謹慎。ごうごうと渦巻いていた。その言葉は分裂しているように見えた。

「かけがえなく大切なもの」のイメージは、家族という間柄に向けられやすい。確かに、自分の弟や妹の話であればそう思えそうな気もするが、父母に対してそう思うかと言われると、返事に窮する。それぞれの命の話と血縁関係は、関わらずにあってほしい。

親を悲しませたいわけでも困らせたいわけでもないが、彼らには、私のことを勝手に産んだ人たちという印象がずっとある。私もまた、勝手に生まれてきたと言えるけれど。

いずれにしても、かけがえのない存在を失うことへの想像力は、その時分の私に欠けていた。はっきりと、そう思う。生き残っていることが恥ずかしかった。

その時期のテレビ画面は、灰色一色だった。点けていても消していても変わらないようだった。電源を切るとブーンという音がして、消えた。

親しみを抱いていた景観が壊れていく。それは自然や災害に対して、謙虚な姿勢であればあるほど、やるせないことなのかもしれない。驕りなんてあったろうか。海は怖いと思いながら、海の側で暮らす。暮らしていた、だからなおのこと苦しい。そしてどうしようもない。

あの時期、どうしようもないという感情は引っ込めておけ、という空気があったように記憶している。悲しみに暮れるか、前を向くか。そのあわいというか、それ以外の機微は無視されているような雰囲気があった。

けれど、美しいものはまだ残っている。バイトに向かう道すがら、草木の生い茂る雑木林を歩いていると、野花は明日に起こることすら知っているような顔で、昨日と同じように咲いていた。この道で昔、祖母が蜂に刺された。「コロ」という野犬上がりの犬の散歩中だった。祖母から「毒で倒れたらコロを頼むね」と言われたときの景色が、目の前に浮かび上がってくる。痛みに喘いでいた彼女に、私は「そんなの無理だよ」と返した。コロはすぐに噛む犬だった。

雑木林を抜けて突き当たるドブ川には、無数の羽虫が飛んでいる。ドブ川の底では枝木に蔓が引っかかり、静かに揺らいでいた。そこを通ると、その川と正反対の冷たい清流で泳いだ記憶に触れた。夏にはしょっちゅう人が流される川だった。

いつか自分も流されるのだろうと想像しながら、背びれのちくちくした茶色い魚や、アユのような川魚のすぐ隣で潜って、遊んでいた。川底の石をどけると、名前の知らない生き物や草木が風でなびくように漂った。

本当に美しい川だった。海にのまれたあの町にも、たくさんの美しさがあった。私が想像できたのは、そこまでだった。

店に着いて誓いの言葉を唱える。

ごみ袋を取り替えようとして止める。流通が滞り、商品が品薄になってからは、目に見えてごみの量が減った。廃棄しようにも、入荷したと同時に売れていく。次におにぎりが入ってくるのはいつだろう。空っぽの棚を目の当たりにしたお客さんはすごすごと帰って行く。

店外の明かりは落とされていた。店も計画停電の対象地域に入っていて、陳列棚のライトはあらかじめ落とされていた。それでも十分な明るさがあり、もうこれで十分ではないかと思った。

かろうじて残っている商品の中には、これまで一度も売れたのを見たことがない武骨な懐中電灯が含まれていた。それを目掛けて買いに来たお客さんは束の間、弛緩した表情を浮かべてレジに持ってきた。その顔を見ていた私はうやうやしく、バーコードをスキャンした。

懐中電灯のパッケージは、砂埃で覆われていた。タウパーを贅沢に、何枚も引っ張り出して、水で濡らした。砂埃は擦ったら簡単に落ちた。いつから溜まっていたのだろう。お客さんはその間ずっと待っていた。

レジ横の募金箱の中には、千円札や一万円札まで突っ込まれるようになっていた。募金箱には付箋大の紙でその時々の募金内容を記してあり、その前に受け付けていた支援金の何倍もお金が入っていた。同じ箱なのに、名目が違うとこんなに集まるのかと思った。それは恐ろしいことだった。

店には家が被災したという理由で退職したアルバイトが二人いた。ひとりは岩手県に帰り、その後二度と会うことはなかった。もうひとりは数週間後に、アイスを買いに来ていた。日ごとに売るものが減っていくコンビニで、私は毎日掃除ばかりしていた。手持ち無沙汰になると、来月の給料を計算していた。八万はかたい。

05

一人暮らしをしている間、最後まで買わなかったものがある。椅子だ。テーブルは就職祝いに母が送ってきた物を使っていたが、椅子の代わりにしていたのは踏み台にもなる脚立だった。テーブルの高さとも合っていたし、何より部屋の電球を変えるのに役立った。絶対欲しいと思う椅子も見つからなかった。あまり物を増やしたくない、という意志も淡くその生活に横たわっていた。

家の物を息急き切って捨て始めたのは、本棚が壊れたからだった。そこで糸が切れてしまった。本棚は安物だったが、意外に収容スペースがあって気に入っていた。高さは二メートル。棚の真ん中にあたる段を支えていた五十センチ幅の板が、真っ二つに折れたのだった。上の段に積まれていた本は、折れた板にとどめを刺すみたく、ぼとぼと落ちてきていた。

その瞬間、ちゃちなシャベルで景品を掬い上げるクレーンゲームを思った。ドーム型の機械の中で輝きを放っていた駄菓子が、受け取り口にぽとぽと落ちてくる。拾い上げると光は消えていて、手元にはあまり美味しくなさそうな飴玉が残る。

本は勢いづいて、足元まで滑ってきた。一ページも読んでいない『野生の探偵たち』の上巻の角が、爪先に当たる。夏の賞与が出た頃に買ったので、二か月は開いていない。

ふと油彩の装画に、目がいった。濃紺色が幾つも重なった空の下に、肌の色がばらばらの、全裸の人たちが描かれている。遠目から見ると、単色のつなぎを着ているようにも見えた。『ドラえもん』で未来にいるのび太の孫の着ている服が、こんなのだった。絵は、未来人たちの祝宴にも見える。

一緒に買った下巻はどこに行ったか。こんなに散らかってしまってはどこに何があったって同じだった。

考えてみれば、読めないのに買って読めるときがくるまで待つなんて甘い考えだった。まだ読めていないという、うしろめたさすら快感になっている。暮らしの余白を埋めたいだけの軽々しい読書ってなんだろう、やめたほうがいいかもしれないと思った。いずれにしても私がページを繰らない限り、この本の中の時間だって進まない。つまり買ってても買わなくても、物語は停止している。

それに、来年の頭には引っ越しが控えていた。実家に戻り、ひとつの部屋を妹と共同で使うことになる。妹は来春、大学生になる。新生活が始まれば何かと物が増えるのではないか。日中こそ別々の場所で過ごしたとしても、六帖の洋室に二人が置けるものは限られる。本の整理を皮切りに、身の回りの物を減らす好機だった。

私は部屋ごとひっくり返す勢いで片付け始めた。四十五リットルのごみ袋にひたすら物を突っ込んでいく。これまでも、引っ越しするたび「思い出ボックス」をひっくり返し、いる／いらないと選んだ。いらない物に選ばれるのは、大抵おもちゃだった。そうやって捨てていくことで、心も成熟していこうとしていたのかもしれない。物事を歯切れ良く選択できる人が羨ましかった。捨てるときはせめて、そうありたかった。

捨てる速さは加速した。予定ひとつない土曜の朝に、窓から入る秋風を受けながら素足でぺたぺた選んでいると、こんなに心地いいことがあるのかと昂って、悩む時間が短くなっていく。夜になると収集車が回ってきて、膨れ上がったごみ袋の数々を集めていく。

一度「やっぱり捨てないほうがよかった」と眠る前にひらめく物があった。寝巻きのままアパートをうろつき、共用部分のごみ箱を開けたが、生ごみの臭いをかすかに残して空になっていた。そうやって持っていかれてしまうと、ためらいは無くなった。

「これまであった物」を捨てたときの気持ちが知りたくて、〈暮らし系〉と分類されたブログや本を読むようになった。それらを読むうち、最小限の生活を実践する「ミニマリスト」の存在を知った。アメリカから広まった生活様式としてのミニマリズムを取り入れて暮らす人たちだった。追っていくと、家なのに寝袋で寝ている人までいるという、その底抜けな物の減らしっぷりに目を見張った。

図らずとも、そこに書いてあることの中には、すでに試みているものもあった。私もミニマリストの素質があるのだろうか。お腹のあたりがむずむずとした。物を選別して切り捨てる果てには、人を相手に同じことをしてしまう可能性がある。そして、私のどこかに「本当は捨てたくない」という心があったとしたら、その声をまるきり無視していたことになる。いつか揺り戻しが来るのだろうか。ミニマリストたちが捨てたくなかったものは、なんだったのだろう。

私が捨てられなかったものは、人に貰った手紙だった。でも、スマホで写真を撮ってからガムテープでぐるぐる巻きにして、捨ててしまった。その写真も今は手元にない。気の利いた切手や便箋の数々は、二度と触れられない場所へ行った。

一度捨てたら取り戻せないことくらい、分かっていた。ためらっている時間こそ一番いらない、と脳を騙し騙し手を動かした。捨てるものはないか、粘土をこねるように見てまわった。

本はボストンバッグに詰めて、古本屋に売りに行った。時々自転車で遠出もした。一回に運べる量は限られていて、同じ店に何度も行くのが恥ずかしかったからだ。

自転車の前かごに突っ込んだ重たいバッグのせいで、車体はぐらぐらと揺れた。いつだったか、重さにも揺れにも耐え切れず、身体もろとも道路に投げ出されたことがある。倒れた反動でけたたましくベルが鳴り、気付いたカップルが助け起こしてくれた。ボストンバッグを拾い上げたおにいさんが「何入ってるんすか」と言って笑った。横のおねえさんも微笑んでいた。二人にとって、何かいいスパイスにでもなっただろうか。

とうとうそのバッグも捨てた頃、本はちょうど棚一段に収まる分だけ残った。結局これくらいが私にとって適切な量なのだろうかと思うと、居心地が悪かった。

うしろめたい気持ちになりたくなかったことは間違いない。けれど「ここまでは捨てない」という明確な線引きは、どうしてか当時の私になかった。部屋のここに余白をつくりたいとか、ボールペンは一本までにしたいというような目安がないのは、思い返せば不気味なことだ。読めないのに買うとか、使わないのに貰うとか。いらないのにいると言うとか。それらはすべて間違っている、という感覚がつきまとっていた。

持っていたって、仕方ない。「持っている」ことを積極的に諦める。その感覚を知れば「持っていな」くたって、つつがなく暮らせるようになる。

実家に戻った一年後、Tとの生活が始まった。家電とベッドは彼が一人暮らしで使っているものをそのまま使うことになり、私が持ち出したのは段ボール一箱とトートバッグひとつだった。それだけあれば足りた。Tは、私がいつか夜逃げすると思っていたらしい。

＊　＊　＊

図工の授業で「将来の夢」を粘土工作する時間があった。針金で型を作って紙粘土で肉付けし、塗色する。先生の説明を聞きながら、材料の粘土に惹かれていた。十歳か、十一歳の頃だ。

けれど題材をどうすべきか戸惑った。

周囲の大人から「将来の夢は何ですか」と訊かれることはたびたびあった。「ありません」とは言い出しづらく、ひねり出すように、ちょうど今関心があることを適当に答えていた。とりあえず、小学校に六年間通うのは知っていたが、将来の夢があるとしても、どうやってそこに向かって生きていくのか知らない。高学年になって「中学はどうする」と訊かれても、何のことか分からなかった。

しかしこれまで「パン屋さんになる」「花屋さんになる」と答えていた同級生も、狙いを定めたような面持ちで「先生」「アナウンサー」「調理師」と言い出すようになり、それらは粘土工作にも反映されていた。

ちゃんと何になりたいか言わないと、何にもならせてくれないのだろうか。不安になった。それで、私はしばらく「福祉に関する仕事をする」と答えるようにしていた。福祉のことなんてまったく分かっていなかったが、そう答えればやり過ごせた。

社会科の時間にデイサービスセンターを訪問した記憶があり、そこでお年寄りたちにクリスマスソングを歌ってみせたこと、握手したおばあさんの手の甲から血管が浮き出ていたこと、服にご飯粒がついていて赤ちゃんみたいだったこと——そういう光景が頭の隅にあるだけだった。

粘土工作をどうするか迷った挙句「犬と仲良く遊んで暮らしたい」という題で、飼ってもいない犬に向かって自分がフリスビーを投げている場面をこしらえた。フリスビーはピンク、犬は茶色に塗った。粘土で作るには、お年寄りより犬のほうが簡単だった。それに、就きたい職業がいくらあったとしても、犬と遊んでいるほうが楽しいはずだと思った。

ああしたい、こうしたいを形にするのは、欲求の正体を深いところまで潜って見つめる必要がある。それは簡単なことではないらしかった。犬が好きだからと言って、獣医になりたいと思うきっかけもないし、トリマーになりたいというわけでもない。「仲良く遊んで暮らしたい」だけではいかんのかね、とむくれながら作ったが、完成した作品は先生から褒められた。

私にとって、所有している物の量は未来に対する思惑によって、変動するものだと思う。

本が増えるのは、より知りたいとか、賢くなりたいとかという、ささやかな願いから起こる。

服が増えるのは、身につけているものからこんなふうにイメージされたらいいな、という欲があるからだ。化粧水や化粧品が増えるのも、にきびを防いで肌が少しでもきれいに見えてほしいと思うから。これらを夢と言っていいだろうか。

些細な思惑だって、夢と言い換えたい。スケールが小さい、とあなたは思うだろうか。けれど、絶対的夢宣言ができなかった私は、やすやすと「夢」という言葉で未来に期待する態度を示したくない。ちんけなことを掲げていてなにが悪い、というトゲトゲした気持ちがある。

＊　＊　＊

内緒話を守れない子どもだった。つい、こぼしてしまう。

秘密を共有している相手の目の前でそれをしてしまうと、その顔は歪み、怒っているのか悲しんでいるのか分からないけれど、とんでもない失敗をしてしまったことに気づく。けれど取り繕いようもなく、言葉に詰まった。

たとえば、母が指を立てて「シー」と合図しても、彼女がたばこを吸っていることを祖母、つまり母の義母に漏らしてしまうし、小学校の教室で悪口や噂を耳にしたら、言われている本人に口を滑らせて知らせてしまう。友だちの家の冷蔵庫も勝手に開けるし、思いついたことをずけずけ喋る。嫌われ者だったに違いない。

「あの子には気をつけなよ」とクラスに一人しかいない私のイニシャルを出して噂されているのを聞いたことがある。その瞬間は落ち込んだが「私の悪口言ってたもんね」と後からその子に釘を刺していた。小心者なのに図太い、気味の悪い子どもだ。

一方で、秘密を守れるよう努力もした。家から徒歩五分の所に住むはなちゃんと仲良くなって、遊んでいるうちに見様見真似で学んだ。はなちゃんは賢い子だった。話を組み立てるのがうまく、口が堅い。私が同じSF冒険譚ばかり読んでいる横で、ルパン全集を順に借りて読んでいる子だった。

はなちゃんの親友気分で二人だけの交換日記を始めたときはとても嬉しかった。これまでにやった交換日記の何倍も秘密が書いてあったし、私もそれに応えたくて、たくさん書き込んだ。宛先がひとつしかない世界で手紙を出し続けている気分だった。それはラブレターに似ていた。

他にも並行してやっている交換日記はあった。けれど複数人でやっているから、回ってくるまで時間がかかる。どこで止まっているかも知らず、自然に終わっていくこともあった。はなちゃんとのほうは隔日で回ってくる。一冊埋まったら次の人がノートを用意する。買ったまま使っていなかったノートや、月刊誌の付録が役に立った。それも使い終わってしまうと、イトーヨーカドーに入っていた雑貨屋で、はなちゃんも好きそうなものを選んで買った。

交換日記に自分のしくじりや隠しごとを書き、そして茶化すことで、程よく諦めたり忘れたりすることを身につけられるようになるのではないか。

もちろん、当時はそんなふうに言語化していなかったけれど、秘密を守りたいとか、笑い話ができるようになりたいという願いからは、早く大人になりたいという気持ちを難なく見出せる。

私たちはそのうち、暗号を作るようになった。日記や会話の中で使う、クラスメイトや先生たちのあだ名や造語。妙な名前はひとつふたつと増え、果てには、目にする人すべてのあだ名を考えるようになった。頻出回数の少ないものは、なかなか覚えられない。それで、学校のワープロに打ち込んで印刷し、その紙を落とさないよう注意を払って、大事に持ち歩いていた。

秘密を分かち合っている間は深く、仲良くなれる。はなちゃんを自分の身体の一部として考える。いつの間にかはなちゃんのことが大好きになる。親や他のクラスメイトが彼女のことを話題にすると落ち着きがなくなり、隠しているものが露わになった感じがして、恥ずかしかった。いつも一緒だね。二人は親友なんでしょう？　そうからかわれると苛立った。二人の世界に逃げ込んで、閉じようとしているのを見透かされているようだった。

秘密を分かち合っていると、グループや徒党を組んだと見られる。集団、組織。界隈。どんなに小さな集団でも対抗する集団があって、双方を比べたら派閥がうまれ、互いの毛色によって、他のものを受け入れたり寄せ付けたりしない、強い意志を感じさせるものがある。はなちゃんと一緒にいるときの私は、そんなふうに見えていただろう。はなちゃんの皮を被って生きているみたく。

ある日、「そうやってずっとはなちゃんと同じように生きていくのか？」と父に言われたことがあった。

そうやって断片的なことばかり覚えているのが父にまつわる記憶で、それはなぜなのか、度々考えることがある。私には、父とは突然出会ったという感覚が、他の誰よりもあった。その出会いが突飛な時間感覚を呼ぶのだろうか。彼もまた、気づいたら父になっていたと思っているのではないか。少なくとも母と私は、私が生まれる前から繋がりはあった。

それはともかく、どんな話の文脈でそうなったかはっきりしないが、父は閉じた世界にいる私を指差した。「お前に何かあっても友だちは助けてくれないんだぞ」とも言った。隣にいた母も「そうだよ、友だちなんてすぐあわなくなるんだから」と付け足した。合わない、のか会わない、なのかは聞いただけでは分からないが、どちらにもまたがっていたのだろう。

入学したては「友だちを作れ」とあんなに言ってたのに、結局いらないのかよと思った。お腹の底では、どうしてそんな冷ややかなことを言われなくてはいけないのだと二人に食ってかかるが、鼻を膨らませて涙を浮かべていることしかできなかった。

単純なもので、私はまた外に向かって開き始めた。はなちゃんにこだわらなくなり、はなちゃんのやっていないことも、はなちゃんの嫌いなこともやるようになった。正体不明だった中学校にも高校にも、そのままの気分で進学した。

グループの流行りに乗れず、約束を守れず、腹の立った相手にいちいち歯向かうことで仲間外れにもされたが、振り返ってみると、残酷にでも示されてよかったのだ。

文化祭で一緒にまわっていた子に巻かれようが、音読した声を笑われようが、便所で弁当を食べようが、そこに私の友だちはいないということが分かったら、大丈夫だ。人から嫌われてもいいし、人なんて、いくらでも嫌っていい。

私は誰の言葉も代わりに述べられないし、誰の心も汲めない。はなちゃんは数少ない友だちだったが、私たちはひとつではなかった。互いの環が重なるところがあったとしても、私はＳＦが好きで、はなちゃんはルパンが好きだという、その差が心地いいのだった。

閉じた世界は、この世界以外の地点からは辿り着けない秘密があるように見せかけてくる。あの子の鍵アカは限られた子だけフォローを返すとか、彼氏とのいざこざを「例のあのこと」みたく書くとか、「○○ちゃんまで」と書かれた授業中に回ってくるメモとか。自分にとって大したことは書かれていない。そんなの分かっている。でも、自分には知らせてもらえないというたったひとつのことが謎めいていて、それで、惹かれてしまう。

人は、というと主語が大きい。でも人は、自分の抱えている内情をシーンごとに操ることがある。出しどころを見極めている。実はこんなつらいことがあって——その核心まで近づけるのは、仲良しの印だ。鍵アカのフォローを返して貰えるのも、自分だけに回ってきたメモを受け取るのも嬉しいし、内側に入って良いよと認めてもらった気持ちになる。けれど気づいたときには疲弊している。ここまで来れるかな？　この痛みが分かるかな？　と振り回されているうちに、外の世界との関わりを絶っている。

疲れるくらいなら、秘密ごとは自分だけのものにしておいたほうがいい。私の右太ももにできた四つの穴だって人知れず、傷痕としてそこにあればいいだけだ。じゃあ、なぜここに書いているのか。私の話は内緒話ではないからだ。

私は、あなた（たち）だけに伝えるとか、あなた（たち）だけは理解してくれるだろうとか、そんな話はないと思う。分かる人だけ分かればいいとも思わないし、分からなかったらごめんなさいという気持ちもない。異端児になりたくて「分からないことを書いてやろう」というつもりもない。

そういう思慮が煮詰まると、石を並べるようにふと、なんでも書きたくなったり、話したくなったりする。それって別に、秘密ではない。

他者の考えていることが全然分からないという、その深く息をついてがっかりするような差異や、さみしさを引き受けたまま生きていく。〈私たちは絶対に分かり合えない〉ということを忘れないように、手放さないように、ただ自分のことを記しておく。誰かから見たらくだらなくて、誰かから見たら秘密ごとかもしれないことでもただ残す。

私は日記を公開して、販売までするような人間だ。小心者のくせに、手の内を見せている。「あなたの日記面白いね」と言われることもあるけれど、そのたびに注意深くなる。私は湿ったラブレターを書いてはいないだろうか。もっと開かなくてはいけないと思う。内も外もない開けた場所で、自分のことを綴りたい。そのうちにまた、潜めたいことも出てくるはずだ。そうすれば、誰かの秘密だって正しいやり方で、守れるようになるのではないかと思う。

もしも今はなちゃんに手紙を出すのなら、時々空に浮かんでいるオレンジ色のアドバルーンみたいな、ああいうのがいい。誰にでも見つかる場所で、けれど上を向いた人にしか目に入らない。

06

何か見聞きして何か思い出す、というのがよっぽど好きなようだ。「記憶しりとり」でもあれば、私はいい成績を収めると思う。

ビートルズの「Ｈｅｌｐ！」を聴いてイトーヨーカドーを思い出し、イトーヨーカドーを思い出したら、い草の上敷き売り場を思い出す。い草の上敷き売り場を思い出したら、その階にあったトイレの壁のタイルを思い出す。そんなふうに。

「Ｈｅｌｐ！」はヨーカドーの店の人がレジ応援を求めるときに使っていた曲だ。い草の上敷きは梅雨の明ける二週間ほど前に店頭に並び、畳とも違う、甘いお茶みたいな香りを発していた。トイレの壁のタイルは水族館の内装で使われているような藍色だった。それぞれ店内に横たわっていた音と匂いと色に起因していて、私はそれだけイトーヨーカドーに行ったことがあるということだ。

下宿していた祖父母宅の最寄り駅前にある商業施設は、二棟に分かれていた。東棟の三階まではイトーヨーカドーが入っている。西棟と、東棟の四階から上はコーヒーショップ、服屋、書店、保険会社の窓口などの専門店が占めていた。

平日の昼間にゆっくり買い物しているのは、やはりお年寄りだった。東棟の地下には食料品売り場が広がり、生鮮品コーナーの前でおじいさんが静かに魚を見ている。旬のスズキやカンパチの下には細かい氷が敷き詰められていた。うすぺらの木板に仰々しく値段が書かれ、その三分の一が氷の中に差してある。氷は店の照明にあてられて魚よりもきらめいていた。

大学に向かうまでの時間や、バイトまでの時間に空きがあると、こうして買い物している人たちを見に来ていた。創作実習の課題が出ると、何か書けるものはないだろうかと、その記憶装置のような駅ビルに入ってうろうろする。頭の隅では、こんなことでいいのだろうかと思った。バイト先の同学年には公認会計士の資格取得を目指したり、短期留学に出ていく人たちがいる中で、私は魚の匂いを嗅ぐことで単位を貰おうとしている。

お年寄りの買い物かごの中身はごつごつしている。カボチャ、昆布、でっかい魚の切り身とトマト。ひとつひとつの形が立体的だ。酒瓶、もなか、先端が丁髷みたいな袋に詰められた、色のついたあられ。かごはすぐにいっぱいになる。パウチされたり、ビニールに包まれたりした平面的な商品は、彼らのかごにほとんど入っていなかった。

別の人は茶色いビニールを提げ、後ろ手でゆっくりと通路を歩いている。東棟の二階で紳士用の肌着を買ったのだ。

見回していると、つい「私にもあなたくらいのおじいさんとおばあさんがいるんですよ」と声を掛けたくなる。年金は、毎月どれぐらい貰っているんですか。生活は楽しいですか。

後方から、私に声を掛けた人がいた。自分が見られていることに気づかず、不意打ちだった。斜め後ろから眼鏡の顔がにゅうと突き出てくる。何を訊ねてきたのか聞き取れず、私から仕切り直した。なんですか？

——ごめんね、後ろから見えちゃってて。

視線は右太ももに注がれていた。その先を辿ると、ポリエステル一〇〇%の花柄スカートは、教材の入ったリュックの重さと、それが背中で動いて擦れる動きによって捲り上げられていた。もうすぐお尻まで見えそうだ。私は「すみません」と言って捲れた布を引っ張った。「はしたない物をお見せしてすみません」。

彼女は怒っているようだった。もう少し表情を探ると、怒っているというより不機嫌そうだった。眉間にしわを寄せ、口元は尖っている。まだこれから言おうとしている言葉があり、それを口の中で転がしているようだった。

私たちはこれから叱ろうとしている教師と、その指導を待つ生徒にも見える。映画だったら教師が「エニウェイ」と人差し指をあげ、説教に入ろうとしたところで、背後から他の生徒の叫び声や大きな物音がするだろう。「ここで待っていなさい」と言って教師が離れると、生徒はその隙に走って逃げる。人々の向かっている方向と逆に進んでいく場面。人波を縫って進んでいると、主人公らしさが際立つ。そしてリュックからコスチュームを取り出してトイレの中で着替えれば、ヒーローになれる。

女性は言葉を飲み込み、買い物かごと引き上げるように姿勢を正すと立ち去った。小柄なその姿が遠のいていく。私はリュックを前に抱えた。重さの偏る底の方を両手で持ち上げると、身体に密着させないように浮かせながら歩き出した。

三限目は十三時から始まる。ズボンを買って穿いて、電車に乗るまでを三十分以内に済ませれば、大学の最寄り駅から歩いて向かえる。十分すぎると言っていいほど、時間はある。

階を上がり、ズボンを探し始めた。お小遣いでもくれないだろうか、と知らないおばあさんの姿を目で追う。デニム生地のレギンスを買って、トイレに入った。

トイレットペーパーホルダーの尖った部分に紐を当ててこすり、タグを外す。脱いだサンダルの上に足を乗せ、床にレギンスの裾がつかないよう、そっとスカートの下に穿いた。またサンダルを履いて出る。周りに人はいなかった。

姿見で下半身だけ見ると、悪いコーディネートではなかった。変身とは言いがたい地味な服だが、私からしたら映画のような仕上がりだった。けれどヒーローの変身というより、『ジャッキー・ブラウン』のジャッキーだ。大仕事を終えて、試着室を出ていくジャッキー。

私は、その日を境に、出先でよく着替えるようになった。トイレの個室によっては「着替え台」が付いていて、台に乗れば、靴の上に足を乗せなくても脱ぎ着ができる。

着替えるきっかけはなんでもよかった。スカートで来たけど長距離の散歩がしたくなったからズボンに替えるとか、雨でずぶ濡れになったから靴下を履き替えるとか。今日の服装に突然嫌気がさして、全身取り替えるとか。あるいは、家族に「そんなの着るんだ」と思われたくなくて着てきたフェイク服を脱ぐとか。

休日の商業施設はトイレに並んでいる人も多く、近寄りがたい。もっぱら平日のことだった。

仮の装いから、なりたい姿へ。ひとつでも表面に変化が起これば「さてと」という気分になる。そうして「さてと」と勢いよく立ち上がるのが好きだった。歩き出すと止まらなくなった。

＊　＊　＊

不機嫌な散歩は急に始まる。大抵、その気分は「みんな死んじまえ」というような後ろ暗さに包まれていた。鼻息荒く地面を蹴り、足早に進む。あの駅まで歩いたら、次もあの駅まで。どこを歩いているのか調べもせず、とにかく「まだ行ける」と繰り返しているうちに、数十キロ進んでいる。私にはそれだけの時間があった。

時々、失礼な男の隣を歩くと「意外と健脚なんだ」と言われた。当たり前だろと思った。歩くって、ひたすら進むってことじゃん。どれほど友好的に歩き始めても、もうついてくるなと思うぐらい、私の機嫌は途中で悪くなる。

それは機嫌が悪いから歩いている、ということかもしれない。どうしてこんな、身体を痛めつけるみたいにしか歩けないのだろうと思う。けれど誰であれ、歩いているときに手を繋いだり、身体を寄せたりするような人とはうまくやれない。べつべつの塊で歩きたかった。ひとりで歩ける脚なんだから、触れ合わずに、勝手に歩きたかった。

一度でも東京の街を歩いたことがある人には覚えがあると思う。東京の、ちょうどよい果てしなさ。

建物が多く、街の形が途切れずに続いている。鉄道の路線が整備されていて、方角を把握しやすい。だから思いつくままに歩き始めることも、終わらせることもできる。もちろん、いつかは山や海に出たりするが、どうしてもこの先進めない、と諦める道が少ない。そして平然とさまよいやすい。

忘れたいこと、考え直したいこと。そういうものがぽんと頭に浮かべば、無目的に歩き出す。歩けば忘れられるわけでも、考え直せるわけでもないと知っていても、反芻してしまう光景や情緒をかき消したくて、なすりつけるように進む。

墨色のタクシーが割り込み相手にクラクションを鳴らす。けたたましい音が響いて、脳裡に浮かぶあのバカを殴った代わりになる。アパートからシャワーの滴が落ちる音とトニックシャンプーの匂いが漂えば、誰が住んでるかなんて知らないけれど、どうか長生きしてほしいと思う。知らない街の色に、取り替えることのできない記憶をそっと差し出して混ぜる。

街路灯がポポッと点く瞬間、私は吠えたくなるほどもの悲しくなる。暗くなるからだろうか。けれど、夜には夜の色がある。

都会で匿名性を保って生きようとするのは、こういう行為の積み重ねなのだと思った。街には人の記憶がたくさん溶かされている。ワンオブゼム。こんなに人がいるんだから、自分なんていなくたっていいと投げやりになるのも、仕方のないことだ。私の記憶なんて、残しておく必要がないと躍起になるのも仕方がないことだ。

でも、溶かしきれなかったわだかまりは、いつかひらめきを呼ぶ。そういうのを持ち寄って、私たちは何か語ったりこしらえたりする。あなたに打ち明けてみたり、人知れず日記をつけ始めたり。

不機嫌な散歩の途中に、誰かを好きになることもある。何年も前のことなのに、その日の道順も覚えている。もう一度歩けと言われたら、地図がなくても歩けるだろう。
歩いている途中で立ち止まる。立ち止まる人のことを待つ――それもいい、と身体の内に刻まれた瞬間があった。歩幅を揃えて歩いていた記憶を少しずつ、思い出していたのだろう。犬の散歩や通学路での一場面。手を引かれて歩いていた頃の、その肌ざわり。

＊　＊　＊

歩いてきた細い道は枝分かれして、その先は緩やかな傾斜になっていた。Sさんの歩幅は大きく、ストロークがある。のしのし坂を上がるのに対して、私の足は忙しなかった。二十代の後半に差し掛かっていた私はまだ健脚のつもりだったが、息が切れそうになる。四月の上旬。首の後ろが少し汗ばむ、うららかな日の昼下がりだった。

――うちの墓があります。

車も悠々と通れる広い坂道を上がってみると、ひと気のない墓地が広がった。整備された墓碑の群れは青空に向かってまっすぐ伸びていて、当然、グニャリと曲がっているものは見当たらない。花は手向けてあったりなかったりだった。

親戚の墓参りの折、一部が崩れ落ちたり欠けたりした古い墓を見かけると、墓は疑いようもなく家なんだな、と思う。継ぐ人がいれば欠けたところを直しもするだろうし、掃除もしに来るのだろう。しかし自分がまめまめしく墓掃除する姿はあまり想像できなかった。死んだ後もこうして、ひとつの箱というか家に留まらないといけないのは面倒だと思った。

Sさんは自分の親族の墓前に立つと、神妙な顔で「こちらです」と言った。標準的な墓だった。あえて紹介するなら、そこそこ立派なのだろうかと穿った想像をしていたが、そのあっさりした感じに笑ってしまった。

私たちは二時間前に会ったばかりだった。手紙のやりとりがあり、以前から薄い繋がりがあったとはいえ、互いの自己紹介もほぼしていない。

——初めて会った人とお墓に来るってなんなんですかね。

そう言ってみると、Sさんは「たしかに」とだけ呟き、再び歩き出した。私は縁もない墓地に来たことで未訪問の旅行先にでも来たような錯覚を起こし、喜びが溢れそうだった。初めて訪れた地で必ずと言ってもいいほど抱く、ここに来ることは二度とないのだろうという感覚を確かめていた。

その感覚も、墓地を後にすればすっかりなくなった。妙に嬉しい気分で、この人と友だちになりたいと思った。それに、かつてもう二度と来ることはないだろうと焼き付けた光景の中に、もう一度行ってみたくなった。ひとりで歩いているだけでは、あまりこういうことは起こらない。

しばらく歩くと、園の中央が小山になっている都立公園に入った。ほとんど散っていたが、わずかに残っていた桜の花が時々肩の上に落ちた。公園の中にいくつもある広場を横目に進み、街路樹を眺めていると、その景観の片隅でしゅるっと横切るものがあった。

猫ではない。タヌキにしては細長いのでハクビシンだろうと思っていると、それは街路樹付近に建つブロック塀を這って、公園の外に出て行った。Sさんは足早にその姿を追い、私も遅れて公園の敷地から出た。

数メートル離れた所から観察すると、やはりハクビシンのようだった。けれど、身体の色が変だった。毛もパサパサしていてハイエナを彷彿とさせる。皮膚が疥癬のように傷んでいた。がりがりの身体だ。衰弱したら、どこで死ぬのだろうか。

Sさんはスマホでハクビシンの写真を撮ったようだった。腰をかがめている。私はそこに届くような声で「ハクビシンでしたかー」と訊ねた。Sさんはスマホを胸ポケットに入れながら戻ってきて「謎です」と言った。謎の生き物はまたしゅるっと動き、青々とした茂みの中で見えなくなった。

その後に入った喫茶店で、Sさんは美味しそうにグラスビールを飲んでいた。ほとんどの時間黙っていて、話さずに話すというのは、こういうことかと思った。グラスについた水滴の粒が垂れ、ぼやけた円をコースターの上に描く。

頭の中では、今日の道順を思い描いて反芻していた。あそこを曲がって、あの道に出た。二度と訪れることのない墓地。まっすぐな道。名門大学。進むと緑道があって、ハクビシン。小坂、風の通る駅ビルの横道。団地の庭。鯉のぼりがひるがえる空き地。

たくさん歩いた。道をなぞって、今日を忘れたくないな、としがみつくような気持ちになっていた。Sさんと出会わなくなっても残るだろうか。

急に目が開いた。

目の前の景色から抽出される、色や音やその連なり。高さや、低さ。撮った写真を後から見返しているみたく、これまでの何倍もの情報が、歩いていると入ってくるようになった。

Sさんとは最寄りのターミナル駅で別れ、その後も何度か歩いた。私は一度もSさんに触れたことはなく、Sさんも私に触れたことはなかった。ふたつの塊のまま歩いた。

＊　＊　＊

駅前のスーパーでレタスと惣菜を買う。辞めたい、辞めたいと思っているパート先からの帰りだった。二〇二三年、四月上旬。ここのところ気温の高い日が続いていたが、涼しさが戻ってきていた。

買い物を終えて歩いていると、山のほうから栗の木の香りが下りてきて、夜の町を覆っていた。草木の露から出る、その甘さ。夜の町はすべての高さが一段下がったみたいだ。マスクを外し、空気をたっぷり吸い込んだ。

アパートの入り口まで来ると、いつも目にしている景色とはどこか違っていた。難易度の高い間違い探しのような微差だ。暗がりでじっと目を凝らすと、敷地内にある木々の隙間に、小さなふたつのかたまりが見えた。アパートの賑やかしのために植えられた若葉も生えない枯れ木に、何があったのだろう。

私が木の下まで近寄っても、かたまりはじっとしていた。さらによく見てみると、鳥の姿らしいことが分かった。日が沈んで何時間も経つのに、何をしているのだろう。少し飛んだら草木の生い茂る小山だってあるのに、人の往来のある木の上にわざわざ留まっている。

見上げているとそのうち糞が落ちてきそうで、離れた場所に立ってもう少し眺めた。鍵についたキーホルダーを振って音を鳴らしてみたが、動かない。飽きてアパートの階段を上がると、自宅の階の踊り場から、鳥の留まる枝が見えた。

二羽、首を羽根にうずめて休んでいる。鳥は眠っていた。嘴の近くに弧を描いたような線が引かれていて、その下にはきっと、瞳がしまってある。こんなふうに鳥が休んでいるのを見たことはなかった。

心躍った私は家の中に入ると、仕事を終えたばかりのTを踊り場まで引っ張り出した。彼は眉を下げ、何ごとかとこわごわ歩み出た。「鳥が寝てるんだよ」、私は声を潜めて指差した。

羽根の模様を見るにヒヨドリだろうか。昨年の秋にベランダに落ちてきた鳥とよく似ている。

Tは眉の位置を戻し、静かに笑っていた。

私は鳥を起こさないよう、スマホの無音カメラアプリで写真を撮った。部屋に戻ると、その写真をズームして何回も見た。人と同じように目をつむっている。人や動物の寝顔を見たときに抱く「この人も眠るんだな」という感覚を、ヒヨドリを前にしても抱いた。

父や母に対してはとくにそうだった。

（こんなにしっかり閉じて眠るんだ）

寝息やいびきを聞くよりも、まぶたをしっかり下ろしているのを見て、そう思った。死ぬときの練習みたいだった。

翌々日、夜の散歩に出ようとすると、二羽はまた同じ位置に留まっていた。同じ枝で、同じような体勢で休んでいる。アパートの周辺は鳶やカラスもうろうろしているのに、どうしてこんなに無防備なのだろう。

私とTは鳥の話をしつつ、近所の湖岸沿いにある砂浜に出た。

このごろ流行っている黄砂の影響か、空は霞んでいて星ひとつ見えない。けれど、遠くの街明かりまで見通せないこともなかった。

寒いので猫はいなそうだと思ったが、念のため食べ物を持ってきていた。臆病な、野良のキジトラがあたりに住んでいる。最後に出会ったときは浜の近くの草むらにいたが、今日は気配がない。キジトラのことは「ロンリー」と呼んでいた。

さっぷさっぷと、暗闇に切れ込みを入れるように波が寄せては返す。琵琶湖はこの前来たときよりも穏やかだった。目が慣れると、小さな波頭が黒い波線を引いているのが見えてくる。さぷさぷ。時々ざぼんという音がして、魚が飛び跳ねているのが分かる。

南から外来ナマズがどんどん北上してきていることを思い、いやだった。もともと生息していた湖の魚を食い漁りながら力をつけていく。こうしている間にも、水中では侵攻が進んでいるのだろう。

弱肉強食。

砂の上を歩けば、靴の中に柔らかい砂が入ってくる。真っ暗な浜を一周して、花弁がすっかり散った桜並木を通って、コンビニでコーヒーの粉を買った。何度同じ道を歩いても、毎回違うものが見えてくる。何も起きていないようで、何かは必ず起こっている。帰ると二羽はいなくなっていた。深く眠るための場所は、他にあるのだろう。飛び立つ瞬間をいつか見てみたいと思った。

それから数週間して、Tが傷ひとつ負っていない鳥の死骸を見つけた日があった。道路の片隅でぱっちりと目を閉じていたらしい。眠っている姿と大差ないことがよけいにかわいそうだった、と彼は言った。

07

身体からドルル、ドルルと音が鳴る。太ももや膝や、腕の筋肉が小刻みに揺れて、走っているのと変わらない。ふだんは感知することもない自分の呼吸に、突然色がついたみたいだった。そうして色がつくと、意識は呼吸の一点に集中してしまい、他の部分に力が入らない。逆さ吊りにされ、頭の皮が一枚ずつ、こめかみからスライスされている気分だった。身震いしていた。

けれど、震えが止まらず電話をかけられないといったことはなく、冷たくなった指先は正確に動いて、１１９を押した。一秒ぐらいで繋がって、スマホの向こうから乾いた人の声がした。

「火事ですか、救急ですか」。救急です、はい、家族です。姉です。

向こうの確認に応じていると、胸の中心より少し、左の奥のほうが、締めつけられるように痛くなった。別の痛みを与えれば散るかと思い、スマホを持っていない手をグーにして、疼痛のある部分に押し当てた。効果はなく、お腹まで鈍痛がしてくる。ひどい下痢の気配というか。状況や状態を落ち着いて伝える必要があり、たったいまのことを順に思い返した。

実家の二階にはきょうだい全員の寝室があり、〇時前にはみな寝静まっていた。私も布団に入り目をつむっていると、妹の部屋からバッタンバッタン、人が跳ねているような低い音がし始めた。大胆な寝返りか、起きてストレッチでもしているのか。ただの運動だろうと放っていたが、音は鳴り止まない。だんだん、跳ね上がる距離が伸びているようだった。

何のためにそんな、と思ったが、我に返って妹の部屋に押し入った。身体は布団に横たわり、頭から下がグネグネしなって、泡をふいていた。

あれ、えっえっ、これって死んじゃう感じなの、と怖くなってスマホをつかみ、階段を転がり下りると、下で寝ていた母が上がってくる途中だった。私は道を譲りながら「救急車だよね？」と確認した。母は妹の部屋に入るなり彼女の名前を呼び、父の助けを求めた。

「パパ！！」

おいおいおい、と言いながら父も階段を上って行った。

通話が終わると、私は寝巻き姿で外にいた。話しているうちにサンダルを突っかけ、家から出てきたらしい。にきびの薬を塗っていて、顔中ベタベタだった。家の中はどうなっているかまったく分からない。意識は戻ったのだろうか。

五分も経たず、数十メートル先に救急車が見えた。ヘッドライトなのかフォグランプなのか、真っ暗な夜道の先に見えた小さな光がどんどん大きくなって、滑り込んでくる。私は不始末だった脇の毛のことも忘れて両腕を突き上げ、その車体に向かって大げさに振った。赤いランプが消えるとサイレンの音も止み、家の前で静かに停車した。

二、三人の救急隊員が降りてきて、カシャカシャとストレッチャーを用意した。二階から、妹の身体が運び出される。母の付き添いで病院へ向かった。

私はスマホの通話履歴に残っていた１１９をすぐに消した。眠れず、大学の課題に取り掛かりながら、父と弟がいる部屋で一緒に過ごしていた。しばらく起きていたが、無事に意識が戻ったと父の元に知らせが入ると、自分の部屋に戻った。妹の部屋を覗くと、黄色いタオルケットが丸まって、電気は点けたままになっていた。

後から詳細を聞くと、発作は救急車の中でおさまり、意識が戻っていたらしい。病院では脳の検査をした。私は、妹が数年前にも同じように運ばれていったことを思い出しつつも、この一、二時間の間、考え得る限り最悪の状況が起きることを、繰り返し思い浮かべていた。つまり、死、ということだった。

けれど一週間後、私たちは家族全員でディズニーランドへ行った。スプラッシュ・マウンテンの列に並びながら「本当にぞっとしたんだから」と笑い合った。妹は、その都度はにかんだ。そして、そうかと思えばムッとした表情で「もう分かったから言わないで」と言った。

＊　＊　＊

セキュリティカードの入った社員証ケースの紐をくるくると本体に巻きつけて鞄の底に落とす。二十一時を過ぎた誰もいない更衣室のロッカーの前で鞄からスマホを取り出すと、母からの着信履歴が数件溜まっていた。何か最悪なことが起こっただろうか。一瞬にしてそんな考えが浮かんだ。

コートを羽織り、黄緑色の履歴表示をタップして、立ったままかけ直す。ポポポ、と短い音が鳴って、コール音が右耳の中で響く。二月、月末の金曜日だった。底冷えする室内で、タイツの下に隠れた足の指をぐりんと丸める。ふくらはぎがむくんでいた。

祖父母の誰かが亡くなっただとか、父が事故に遭ったとか殺されたとか、強盗が押し入ったとか。起きたのはそういう類のことだろうか。

でも、最後の着信からは二時間以上経っていた。何かあったのだとしたら警察や、全員がいなくなることがない限り、他の生きた誰かから連絡がきていてもおかしくない時間帯だった。

いやな予感というのはだいたい当たる。

当たるが、想像するだけ無駄でもある。いろいろ最悪な事態があるけれど、それはこちらの予測をはるかに上回って大打撃を与えるから、最悪と呼ぶにふさわしい。

母が出た。「もしもし」。この声はだめなときの声だとすぐ分かった。もしもし。かすかな雑音が聞こえる。布団の中にいるのか、衣擦れの音が鳴っていた。いま家？　と母が訊いた。まだ会社にいる。でももう帰るところだから、と伝えた。

——なんなのさ、こわいんだけど。誰かなんかあったの。

母は弟の名前を言い、「倒れた」と短く結んだ。ため息が混ざっている。体勢を変えたのか起き上がったのか、またガサガサと音が鳴った。母はこれまで一度も耳にしたことのない蚊の鳴くような声で喋っていた。意識は？

——ないの。

ない。じゃあその倒れたっていうのは。怪我をしているのか。いつ。どこ。今は。こうしている間っていうのは。私が訊ねたいことは芋づる式に出てきた。けれどそれは、ここで確かめても仕方ないようなことだった。母の口から少しずつ漏れ出る話を並べていくと、彼が意識をうしなって集中治療室に入ったのは先週のことだった。

なんでもっと早く教えてくれなかったの。私の口から出てきたのはそんな言葉だった。弟が死にかけているなんて露知らず、私は生きていた。今日まで、毎日知らなかった。

聞けば母たちは、私がオンタイムで知ったら、動揺して生活がままならないのではと気遣ったらしい。それで週の終わり、これから休日が訪れるタイミングで電話したという。

それも妙な話だと思った。私は休日だってひとりだ。動揺したまま暮らすことには変わりない。最悪の結果を思い描かないよう、虫を払い除けるように避け続ける必要がある。

私は連絡を意図的に遅らされたことに腹を立てていた。動揺するから？　動揺するかどうかは、私の頭が決めることだ。実家とは物理的な距離だけでなく、心の距離も遠いんだなと思った。

最悪な気分だった。喉の奥に綿が詰まって、あうあうとしか声に出せない夢の中みたいだった。けれど私が辿っている様々な憤りは、母だって一週間前に体験していることに違いなかった。そして、ずっとその渦中にいる。

責めるようなことではなくて、別のことを言いたかった。「明日の朝一番でそっちに向かうよ」。

そう伝えると、あなたはまだ来ないほうがいいと言われた。まだあまりにも、ということだった。一体なんだというのだろう。

――じゃあ、いつなら行っていいの。

――今日はもう遅いから。

――教えて。

――また明日、もう遅いから。

通話は終わった。というか終わらせます、という母の意向で切れ、終わった。

更衣室を出て、駐輪場を目指す。身体は震えていた。手が滑り、握ったままだったスマホが落ちた。画面が割れ、欠けた部分で指を切った。そのまま力を入れて握りしめると、手のひらにもちくちくと、細かい硝子が刺さる。スマホはコートのポケットにしまった。

脚に、ペダルを漕ぐ力が入らない。サドルから降りたりまた跨ったりしながら、真っ暗な鴨川がすぐ脇に見える川端通りを北に上がっていく。寒かった。荒神橋を越え、賀茂大橋を右に曲がって百万遍。東大路通、高野の交差点まで来ると、鼻水や涙、水分という水分が顔の中で混じり合っていた。

もう漕ぎたくなかった。そのへんに自転車を置いたまま帰りたかった。京都なんだし、誰かほしい人が乗って使うだろう。でも、盗難登録もしてあるし、不法投棄になったら面倒だから、最後はふくらはぎをパンパンに張らしたまま漕ぎ切った。アパートのある路地に入ると、あたりは真っ暗だった。

自転車を降りて涙を拭くと、近所のコンビニに大量の菓子パンを買いに行った。それを胃に詰め込むだけ詰め込むと、ぜんぶ吐いて布団に入った。血糖値を上げるだけ上げてから吐き戻すと、気絶するように眠れる。

部屋の隅で育てていた椰子の葉を見つめながら、私はつい二週間前に遊びに来ていた弟の姿を思い返していた。今いるベッドの横に、布団を敷いて眠っていた。

二月上旬。高校卒業後の進路が決まっていた弟はほぼ春休みに入ったようなもので、免許を取ろうと自動車学校へ申し込みをしたり、進学先の寮生活やガイダンスに向け服や鞄の準備をしたりと、忙しなさそうだった。

その合間に鈍行列車を乗り継いで、彼は来た。京都駅まで迎えに行くと、会うなり「滋賀入ってからがクソなげえ」と呆れ笑うように言った。けれど私たちは何を思ったか、歩ける所まで歩こう、とそのまま歩き続けて北白川までやってきてしまった。この店でお惣菜を買ってるんだよとか、ここで本を買うんだよとか、いちいち伝えているあいだに。

弟は天下一品の総本店で「こってり」を食べて喜んだ。「免許が取れたら今度は車で来るかな」と言って、私のことを喜ばせた。

十八歳六か月。数年前の彼と比べ、知らないあいだに表情が穏やかになったというか、まろみを帯びていると思った。しばらくは、理性をうしなって喧嘩することもないのかもしれない。というかもうないのかもしれない。彼はずっと強くなっているはずだ。それが分かった。昔みたいに腹を蹴ったり背中をぶち叩いたりされたら、私が死ぬのだ。

それくらい頑丈で、それをしないくらい優しくある。ちょうどよく肉が乗って、たくましい身体が頼もしかった。大学に入ったら少し痩せたりもするのだろう。それもいいね。髪型も変えたり。楽しみだね。欲しい服とかあったら、買ってやろう。たしか今日から自動車学校へ通い始めていたはずだった。

翌日の土曜の朝、私は近所のお地蔵さんの前に行って小銭を置き、手を合わせた。母からはあらためて弟の症状にかんする電話があった。その声に相変わらず生気はなく、スマホに耳を当てているとブラックホールが開いているみたいだった。

弟には先天的な脳腫瘍があったらしく、それが原因で脳出血が起きたそうだ。手術は成功し、腫瘍は取り除かれた。

いつからそれがあったのか誰も知らないが、妹が倒れた瞬間にもおそらくあったということだ。それなら、彼女が運ばれたときに揃って検査を受ければよかった。そのときに気付いていたら、もしかしたら、もしかしたら。けれど弟はそのとき、ぴんぴんしていた。ナイーブな一面もあるが、「こいつは身体だけは丈夫でね」というような快活な暮らしぶりだった。

脳腫瘍は、湿った羊羹色のかさぶたが脳の一部にべったり覆いかぶさっているとか、そんな見た目だろうか。何かべたべたした物を思い浮かべた。

昏睡状態の弟は今も、集中治療室にいた。

意識障害がある。じゃあ、生きているより死んでいる状態に近いのではないのか。チューブを繋がれ、ベッドの上で生死をさまよっている姿を思い浮かべようとする。けれど浮かぶわけはないというか、浮かべた時点で本当にもう、私の中でそうなってしまう。

命さえ助かれば、なんとかなるんじゃないか。復活とか復帰とかっていうのも、ない話ではない。私は「生存率とかって。つまり最悪の場合っていうか」と訊ねた。

母は私にどう伝えるべきか探っていたが、考えた末に「とにかく頑張っている」と言った。

四十度に届く高熱が引かず、ずっと続いているそうだ。熱は何かの反応だろうか。生きようとしているのが分かる。「このまま戻らないと、どうなるの？」と続けて訊ねた。

医師からは、脳の神経がやられたので身体のいろんな部分、たとえば手足や口に重い障害が残るだろう、と説明を受けたらしい。高熱で肺炎にでもなれば、それも生死に関わる。

意識が戻ったとしても、これまでの記憶が残っているかや、残っていなくても思い出せるようになるかは分からない、記憶障害が起こる可能性があるとのことだった。それは、起きてみないと分からない。でも目覚めてくれるかも分からない。私は「やっぱり病院行きたいんだけど」と言った。

――この目で見ないと安心できないっていうか。安心できることはないんだけど、ちゃんと喰らっておきたいというか。

母は「来週ぐらいに来てみたら」と渋々言った。

すると、にわかに恐ろしくなってきた。通話を終え、ぷーぷーと無機質な音が耳の中に残るのがいやだった。イヤホンをはめて、芸人のラジオを流す。こんな状態なのに、まだうんこちんこで笑える。

次の日から毎朝、お地蔵さんのところに行ってから出かけることにした。

＊　＊　＊

病院の地下駐車場でマスクをつける。母と妹の後ろにつき、念入りに手指消毒して部屋に入ると、あちこちでポッポッ、ポルルルルルン、という音が鳴っていた。心拍数や呼吸数をモニターに表示している、あの機械からの音だろうと思った。この部屋でベッドに横たわっている人たちは全員、生きるか死ぬかの瀬戸際にいた。

ベッドとベッドの間はクリーム色のカーテンで仕切られているが、それは形だけのように見える。あらゆる音が耳の中に入り、立ち上がった。

弟のベッドは看護師のデスクというのだろうか、作業場のすぐ前に設置されていた。真正面に立って、彼の姿を捉える。

頭髪の一部はハゲていて、フケだらけの頭には伸び縮みするネット型の包帯が巻かれていた。髪の毛は、手術で頭を開くときに刈ったのだ。

弟の顔は真っ赤で、腫れ上がっていた。半開きになった左右の目から涙が出ている。瞳は斜視みたくなっているというか、どこにも焦点が合っていない。頬骨のあたりには水が溜まった跡のような、細い線ができていた。

拭いても拭いても目脂が出てくるみたいだ。乾燥した、パサパサした粉がまぶたの上下に散っている。反射なのか、時々弟がのけぞると、人工呼吸器の管やパルスオキシメータのような爪につけたコード類がピンと張った。

ベッドに再び背中がつくと、コードは弛む。ポッポッ、ポルルルルルン。モニターには弟の固有の数字が表示されているが、どうなれば正常値になるのか、分からない。チカチカ光って、緑色の線が波打っている。また身体がのけぞった。布団がめくれ、すっかり棒切れになった彼の両脚が見えた。

仕切りカーテンの向こうから「せいた、頑張れよ。せいた、せいたぁ……うっうっあぁぁ」と、患者家族か友人かの声が聞こえてくる。

耳は聞こえているだろうか。私も弟に近寄って、名前を呼んでみる。「おねえちゃん来たよ」の後に続く言葉が出てこない。

ポッポッ、ポルルルルルン。マスクをずらして自分の涙や鼻水を拭うとき、消毒液みたいな、脱脂綿に含まれたアルコールの匂いがした。その匂いで思い出すのは、弟が生まれた日のことだった。母の病室で見せてもらったとき、彼の身体は驚くほど青白かった。

弟という存在がまだなんなのか分からず、私にとっては益虫みたいなものだった。


ある晩、誰かが誕生祝いに大きなくまのぬいぐるみを持ってきて、弟の眠っている柵付きベッドの隅に置いた。くまの首には、あずき色のリボンが巻いてあった。寝かしつけられた弟は時々パタパタ動き、くまの足には、弟の振り上げた小さな拳が当たっていた。

見ていると面白かった。髪とおでこの毛と眉毛がうすーくぜんぶ繋がっていて、眉の形は母のに似て下がっている。小さな鼻から、透明なはなちょうちんがプクッと出る。

ふと、ぬいぐるみを触ってみたいだろうと、弟の近くにくまを寄せた。柵の上から自分の手を入れて彼の左手を持ち、くまの毛を押し当てるように触らせた。

弟は「んにぁー」という声を出したかと思えば、エハッエハッと咳をするように泣き始めてしまった。泣いたらつまらなくなってベッドから離れ、大人があやしにくるのを見ていた。


弟のおむつを替えているとき、みんな口々に「くさいなあ」と言っているのがおかしかった。

部屋の中に、少しだけ甘さのあるうんちの匂いが漂っている。おしりふきと、新しいおむつの匂いも混ざっていた。私もほんのたまに、おむつを替えることがあった。取り替えた後で、赤ちゃん服のボタンを留めるのが好きだった。下半身部分の布が逆Vの字になっていて、ぱちんぱちんとつなぎ合わせるとズボンの形になる。

赤ちゃんは見ていて面白かったが、私には五年間もひとりっ子の時間があった。だから彼がやってくることによって、自分の存在がどこか薄っぺらく、小さくなった気がした。けれど翌年には妹が生まれ、弟はあっという間に兄になった。


私が小学校に上がった頃から、とくに弟とは喧嘩をするようになった。

正々堂々と真正面からというよりは、大人が見ていないところでどちらかが小突いて小突き返すような、せこいやり方だった。お互いに、お互いの使う言葉が通じないから、代わりに痛みを与えていたのだろう。つねったり脛を蹴ったりするくらいで止めたらいいが、怒りがおさまらなければ腹や背中を思いっきりぶっ叩いて、防御のために身体を丸めたところを上から蹴ったり殴ったりする。

どちらも加減を知らないので、壁でも壊そうとするみたく、相手に打撃を加えていた。背中を叩かれるたびに、胸骨が震えて、口からバフバフ空気が逃げていく。泣いたらおさまるわけでもなく、へたに隙を見せたら「バカじゃん、泣いているわ」と焚きつけられ、お腹の下のほうがぐつぐつしてきていっそ殴り殺してやりたいと思う。でもできないし、どうせしない。

弟のほうが強かった。年齢差も体格差もあるのに、彼のほうが拳に集めた力が大きかった。私は悔しくて、じゃあ口げんかで勝とうと思った。

弟に死ね、と初めて言ったときのことを覚えている。妹の吐いたミルクの跡が残る緑色のソファに座って、テレビを見ていた。弟がちょっかいを出して叩いてきたから、叩き返した。「あっちいけ」「ばーか」「ばかって言ったら自分がばかだ」と揉みくちゃになり、髪を振り乱して「オメーのほうがバカだろうが」とか言い合っているうちにスルッと出てきた言葉が「死ね」だった。弟は、四歳くらいだっただろうか。それだけは言ってはいけなかったね、という目でこちらを見ていた。

ちがう今のは、ごめん。と撤回しようとしたが、弟は隣の部屋にいる両親に言いつけに行った。「お姉ちゃんが……」と耳打ちするのが聞こえてくる。私はソファの外に放り出していた脚を閉じて、どうせ怒られるんだろうなとじっと待っていた。

——お前、弟に死ねって言ったのか？

父がソファの前にやってきて、見下ろしたまま訊ねた。すでに鬼の形相で、鋭くなった父の目と自分の目を合わせて、あーあと思った。怒られるときにはまっすぐ相手の目を見ないといけない。

——だって、向こうが叩いてくるからだもん。やめてって言ってもやめてくれないんだよ。

——それで本当に死んだらどうするんだ！

——ごめんなさい。

——死ねって言われて、本当に死んだらどうすんだ、って聞いてるんだ。

私は弟に謝ればよくて、父に謝る必要はないと思っていた。けれど謝らないと面倒くさそうだから言った。自分だって、割り込みしてきたドライバーに車の中で言うじゃん。死ねって。

——お前の弟は一人しかいないんだぞ、死んだら会えなくなるんだぞ。

ドラマみたいなこと言うんだね、きれいごとって感じ。

そういう反抗的な態度が透けていたのか、父からは何度も殴られ、蹴られた。潰される、と思った。顔、頭、髪の毛、腹とか背中とか腰とか脚、身体中が痛みでいっぱいだった。

こてんぱんにされるとソファの上で丸くなって泣いた。当然誰も助けにこない。こんなに殴られたのに鼻血も出ないし、怪我もしていない。せめて、怪我したかった。

二度と言うな、と言われたが、その後も隠れて言った。私も弟も、簡単に死ねと言う。それが相手を一番傷つける力の強い言葉だと知っていた。

妹は兄の後をついていくばかりだ。だいたい、いつも二対一でひとりになって、悔しかった。こいつらが生まれてこなければずっとひとりっ子でいられて、思い出もひとり占めで、父も母も私のことを今よりずっと好きになってくれていたかもしれないのに。

けれど母は、きょうだいが三人っていいね、と事あるごとに嬉しそうにしていた。いつか大きくなったとき、いてくれてよかったと思うと思うよ、と言われて、そんなの方便だと思った。あの二人は私の味方でも分身でもなんでもない。

私は、子どもが三人もいて、それぞれが望むままに育てようとすれば金がひたすらかかるだけなのに、それのどこがいいんだと心の内で考えるようになった。

人が生きたり人を生かし続けたりするなんて、いくらお金があっても足りない。

別にいなくたっていいじゃん。私が生まれてこなかったとしても、死んだとしても、あと二人もいるんだし。

彼らが意識をうしなったり救急車で運ばれていく様子を眺めたりするたびに、どうしてこっちじゃないんだろうと思う。

＊　＊　＊

ポッポッ、ポルルルルルルン。ポッポッ、ポルルルルルルン。

弟の顔をタオルで拭き、「また来るから！」と元気に声をかけてから部屋を出た。自動扉が閉まると、胸が詰まった。きっと大丈夫、絶対よくなる、そんなことはひとつも思えなかった。

実家に戻ると、夜は妹のベッドで母と一緒に眠った。妹はその隣に布団を敷き、ぎりぎりまで近づいて、身を寄せ合うような形だった。私は母と逆さまの体勢で横になっていた。文鎮みたいな母の足が目の前に放り出されているのを捉えながら、日中の弟の姿を思い出していた。彼は眠っているのか起きているのか分からない、と思った。

翌朝、父とウッディの散歩に出かけた。三月の上旬、よく晴れた、うららかな朝だった。弟はそろそろ高校の卒業式に出る頃だったが、ベッドの上にいる。

歩きながら、学生服姿や、大学生くらいの人が歩いているのが視界に入ると、私たちは目を逸らした。新しい服、新しい靴、新しいリュック、新しい学び、新しい運動に新しい出会い、新しい思い出、新しい喜び、新しい後悔、期待。きらめいて見えるものは避けて、どんどん環が閉じていくのがわかる。

赤信号で立ち止まると、父は父の角度から見た、弟の倒れた日のことについてわずかに語った。妻の悲鳴を聞くと今度は何が起きたんだと滅入るということ、救急車が来るまで抱きかかえていたこと、弟が舌を丸めようとするので「やめろ!」と呼びかけていたこと、すぐに手術を始めてほしいのに何枚も何枚も同意書を書かないといけなかったこと、いいから早くしてくれよ、と怒鳴り散らしたこと、入院、手術費用などですでに数百万円かかっていること。高額療養費の制度を申請するけどかなりキツい、ということ。

「命って金とか値段じゃないって言うけど、その数百万出せなかったら手術できないんだもんな」と言うのを聞く。貯金も年収も少ない私は何も言えなかった。父は間を開けて「なんで俺じゃないんだろうな」と目を細めて言った。

ウッディも何か察したような表情をしていた。ばかな犬だけど、弟が家にいないことを知っている。

私はまた京都に戻って、翌日もお地蔵さんのところへ行った。一か月くらい手を合わせ続けていたが、ある朝近所の人から「若いのにいつも偉いね」と言われてから行くのを止めた。この町のためにに手を合わせているわけではなかったからだ。

08

一か月経って、次の見舞いのときには弟は集中治療室から出ていた。けれど意思疎通はまったくできず、どこを見ているか分からないぼうっとした表情は変わらないままだった。重症患者であることも変わりなく、個室の病室に入って電動ベッドの上に寝かされている。床擦れしないように時々身体の向きを変えてもらっていたが、背中の皮膚はひどく傷んでいるようだった。

麻痺の強く残った左半身、左手はぎゅうっと拳になったままで、何週か前から手伝いに来ていた父方の祖母が熱心に撫でたり、蒸しタオルで包んだりする。彼女のくくった白髪の束から短い毛がはみ出て、動くたびに揺れていた。ベッドの脇には貼り紙がしてあった。以前に観ていたアニメの放送日時がメモしてあり、その時間になったら看護師が来て、テレビを点けてくれるらしい。

サイドテーブルには弟の使っていたiPodがささったスピーカーが置いてあった。停止していたのでシャッフル再生すると、「恋するフォーチュンクッキー」が流れ始めた。サビのところで、未来はそんなわるくないよと言っている。そんなわけないだろ、と笑ってしまった。他の曲をかけようと思ってプレイリストを見てみるが、そもそも入っている曲が少ない。それで何度も同じ曲が流れた。何度も「恋するフォーチュンクッキー」が流れてくる。

弟の爪を切り始めた父が「ＡＫＢが好きって知ってたか?」と私に訊いた。知らんけど流行歌なんだし聴くんじゃないの、と答えた。

父が弟の机の抽斗からiPodを取り出したとき、近くには秋元才加のブロマイドが一枚だけしまってあったらしい。父は爪切りを続けながら弟に訊ねた。「お前、ＡＫＢ好きだったのか、悪かったなあ」。

私は弟の細い脚を撫でたり、顔を拭いたりした。風呂に入りたいだろう。気づけば彼は眠っていた。寝顔を久しく見ていなかったが、幼い頃と同じだった。まつ毛が長い。

病室に流れている時間は間延びしているように感じる。というか、時間は流れていないのではないかとすら、思う。新生活のために用意したスーツやリュックサックなどがそのままになっていると聞いて、喉の奥がぎゅーっと細まる感じがした。実家の、弟の部屋には入れないいまだった。母も換気したり少し掃除したりするくらいで、あちこち触れないと言っていた。

五月に入ると、身体を車椅子に移せるようになった。病棟ラウンジの明るいところまで出てきて、そこでしばらく過ごす。

意思疎通はできず、こちらから一方的に話しかけるだけで終わる。弟の瞳は、私の顔をだんだんと見据えるようになってきた気がしたが、それは希望的観測に近かった。一度だけ、「声が聞こえてたら瞬きしてみて」と話しかけたらまぶたを動かしたことがあったが、ほんとか偶然か分からない。

口が開いたままだと涎が垂れてくるので、右肩にはフェイスタオルを常にかけていた。箱ティッシュはすぐになくなってしまう。だいたい口端の左のほうからぶくっとかたまりになって出てくるので、受け止めるみたく、ぬぐう。また細い糸のように垂れてくる。ぬぐう。ずうっと出てくるのできりがない。

リハビリの時間は設けられていたが、集中的にやってもらうには限界があるようで、患者都合としてリハビリ病院へ転院することになった。

転院日の朝、救急車に乗る準備に取り掛かっているところに弟のクラスメイトか知り合いか、誰かのお母さんが一人だけやってきて、お菓子の入った紙袋を渡して帰った。誰か分からない、初めて会う人だったが、その人の瞳は潤んでいて、おそらく善い人なのだろうと思った。

六月になり、弟は起きた。世話に来ていた母の差し出したノートに、震える字で「いまなんがつ」と書き、進学先のことはどうなっているのかと訊ねたそうだ。意識をうしなう直前までの記憶はそのままだった。残っていた。

弟が倒れてから一年経って、私は一人暮らしをやめ、実家に戻った。彼とは、口と目を使って、会話するようになった。

——そういえばさ、ＡＫＢ好きだったの？

聞けば、抽斗に一枚だけ入っていたブロマイドは、当時ファンだったというクラスメイトから貰ったものだったらしい。

どんなブロマイドなのか知りたくなって、ある日とうとう弟の部屋に入った。抽斗を開けると、スポーツ選手のような表情をした秋元才加がこちらを見ていた。

部屋にはどうしてか、むかし町内会で通っていた公民館の匂いが漂っていた。広い和室とワックスの塗られた木の階段、便所のゴムスリッパ、水色のハンドソープからしてくる甘ったるい香り。

匂いに結びついた記憶がずるずると引き起こされてくるのを何度も振り払った。換気されてはいたけれど、古い空気がずっと篭っていたのだろう。ずっとそこにあったのだろう。

私のお古で使っていた学習机の上には世界地図の挟まった緑色のマットが敷いてあり、埃をかぶった小銭やスパイダーマンのフィギュア、読みかけの漫画などが並んでいた。小銭は、なんのお釣りだったのだろう。

収納棚には縄跳びや、筋トレの道具が置いてあった。小さなダンベルを持ち上げて、見かけよりもずっと重たいと思った。

＊　＊　＊

最寄り駅から家まで歩いて二十分。途中、緩やかな坂と急な坂があり、急な坂の眼下には住宅街の中に建つ駐車場の広いコンビニや、スーパー銭湯が並んでいた。駅前の二十一時まで開いているドラッグストアは、使い捨て手袋やおむつなどを購入する際に利用していた。母が日中に買い忘れたものがあればバイト終わりの私が買って帰るが、おむつを買ってくるように頼まれたことは一度もなかった。周辺は犬を飼っている人が多く、店の前にいろんな犬がくくりつけられているのをよく見かけた。

坂の途中、ブロック塀の上に広がる私有地だろうか、雑草だらけの土地に張られたフェンスの網目から枯れ草が伸びて、無造作にはみ出ていた。この道には車のタイヤで潰されて、真っ平になった空き缶がよく落ちている。すでにぺちゃんこなのに、同じ場所にずっと落ちているから何度も車に轢かれて、ぱきぱきと擦れる音を鳴らす。

雑草の葉の隙間に挟まった飴の包み、中身が入ったまま変色したファンタグレープのペットボトル。歩きながら、日本にはごみが落ちていなくてきれいとか、そんなの心から思ったこと一度もないなと思う。

明確な門限はなかったが、弟が風呂に入った後に帰宅したら、寝た後に帰宅したら、ひどいことをした気分になった。実家に戻って本屋のバイトを始めるまでの間はずっと家にいて、弟の軽い運動を手伝ったり、顔に化粧水をはたいたり、脚を揉みながら喋りかけたりして過ごしていたからだった。

電動ベッドの上で弟に靴下を履かせているとウッディが飛び乗り、靴下を引っ張って遊ぼうとする。放っておくと弟の顔をべろべろ舐め、せっかくの化粧水が取れるのでやめさせる。

今はあまり関われていない。いつか「おねえちゃんはどこでも自由に行けていいね」と言われてしまうのではないかと思っていた。だけど物理的な距離として近く、どの時期よりも側にいれば、彼の生活の登場人物に、ようやくなれる気もした。必要とされたい欲求にしがみついていた。

使い捨て手袋の箱を持ってリビングに行くと、母は大抵カウンターキッチンの流しで両腕までじゃぶじゃぶ洗っていた。父は二拠点生活で、ここには普段いない。風呂を済ませた弟はすっきりした顔で横になっていた。黒目がきらめいている。そういうときは、機嫌がいいのだなと察する。部屋の中はうんちの匂いがして、ああ便が出たんだなと思う。

私が「ただいま」と言って顔を見せると彼は首を傾け、にやりとする。そして「うんい」と言って笑い出す。「うんち」と言って笑い出す。便秘のときは眉毛をうんと下げてつらそうにしているから、出るもん出るというのは、いいこと。

うんち出たんだ、よかったじゃんと言うと、母は顔をしかめて「くさいっつうの」と言う。弟はウガガガガ、と大きく口を開けて笑っていた。くさいだろう。けれど、私はおむつを替えていないから笑うことはできない。本人と替えた人だけ、こうして笑ったらいい。

プライバシーのこともあって、排泄や、入浴時にはあまり彼の部屋に近づかないように、見ないようにしていた。

——お母さんくさいって。ふざけてたらおむつ替えてくれなくなっちゃうよ。

弟は一度笑い出すとしばらく止まらなくなってしまう。私はたしなめようとしてベッドに近寄ったが、鼻から空気を吸うのを咄嗟にやめた。いろんな匂いが混ざり合っている。赤ちゃんのうんちみたいな甘さは一切ない。

それを察したのか、弟は首から上を亀のように伸ばして「おらいれ！」と力強く言った。「来ないで！」と言った。私は、なんでそんな強い口調で言うわけ、と吐き捨てるように言って部屋を出る。

時々口喧嘩になって、「おええやんいはわあらないお」と言われた。「おねえちゃんには分からないよ」と言われた。彼は「何が」とは言わない。だからこちらの頭でその空白をおぎなって「この状態であること」を充てる。この状態、というのは中途障害者であるということだ。

言われるたびに悔しくて、憎たらしいと思った。けれど絶対に、彼の状態というのは私に分かるわけのないことだと思った。まったく分からない。数か月にわたる深い眠りからさめたら、これまで滑らかに動いていた身体は動かなくなっていた。おはよう、おやすみ、のような短い挨拶ですら、声に音を乗せるのが難しくなっていた。そういう状態。

弟と会話するときは、こうして「何が」、「何を」を自分の言葉でおぎないつつ、弟にも真意を訊ねる必要があった。発話によっては何を言っているのか最後まで当たらず、数日経って別の会話をしているときにひらめいて繋がる会話もあれば、消えていく会話もあった。

状態も発する言葉も簡単に分かることではなく、彼と私の間には高い壁ができていた。正しく寄り添いたくても、結局そんなのできないままかもしれない。口をつぐんで何もしなくなってしまうかもしれない。けれど、何度も何度も聞き間違えながら、口まわりの筋肉をほぐしながら、喋ろうとしていることの真ん中を探っていく。

彼の言葉の中で、私の耳に一番はっきりと聞こえてくるのは「わりあとう」だった。「ありがとう」だった。

たとえば、通院で外から帰ってきたあと。

ハンドタオルを濡らして絞り、レンジで一分くらい温める。熱々の布を開いて粗熱を逃し、弟の手にかけて、手のひらや手の甲を擦る。指先や、開けづらい指の隙間は針金のワイヤーを伸ばすように一本ずつ拭く。それが終わると、黄色いスポンジのついたブラシに水を吸わせ、歯磨き用ペーストをつけて口の中を磨き、コップの中にぺえと吐き出してもらう——これは手洗いとうがいだ。

コップを受け取って濯(ゆす)ぐ。洗ったスポンジブラシで歯茎などを擦って唾を吐き出してもらい、彼の口の中でペーストの味がしなくなったら終わり。

上着の脱ぎ着には、慣れるまで時間がかかった。弟は外出時の服装にこだわりがあって、あれは着せづらいとか、まだ乾いてないとかで、しょっちゅう母と言い合っていた。

がちがちになった硬い腕を動かしてスタジャンを脱がせるのには、骨が折れた。理学療法としての、ここを伸ばすとこうなる、みたいな身体の動かし方やコツがあるのは頭では分かっていたが、結局袖が破れるんじゃないかと思うくらい力強く引っ張って脱がしたことだって、何度もあった。

けれど、どちらかの腕から袖を抜けば、スタジャンの布にゆとりがうまれて、すうっと脱げていく。もうこんなの着ていくのやめな、と笑うと、弟は「わりあとぅ」と言った。「ありがとう」と言った。


私だったらこんなの耐えられない、と言った人がいた。身体の障害だったら障害者って分かってもらいやすくていいよね、と言うのを黙って聞いていたことがある。

そういう声を聞くたびに、人間の想像力が争いを解決してくれることなんてあるのだろうかと思った。現に、私はその声に憤る。私はあなたじゃない。弟はあなたじゃない。


弟の部屋から自室に戻ると、財布に溜まった映画の半券を細かく破いて、ガムテープでぐるぐる巻きにして捨てた。時々バイトを休んで映画を観に行っていた。

口座情報が紐付けされている家計簿アプリを開いて、残高を見る。ほんの少しだけもらった退職金と貯金を取り崩しながらバイト生活し、家賃と食費込みで毎月五万円、母に渡していた。一人暮らしの生活費と比べれば安いくらいだったが、いっこうにお金は貯まらなかった。これではただ遊びたくて戻ってきた人になる。

お金はあればあるほどいいに決まっている。そう思って「添い寝カフェ」で働こうとした。求人情報を見ていると「アリバイ対策」という文字があって、人知れず働いている添い寝屋がたくさんいるのだろうと思った。たぶん風俗店だったのだろう。Gメールのアドレスを新しく作って、応募した。返信は驚くほど速かった。面接地の住所を見るとこわくなって「やっぱりやめます」と書いて送り、作ったばかりのアドレスとGoogleアカウントを削除した。ついでに工場バイトの派遣の登録も削除した。前に紹介されたピッキングの求人情報が一日に何通も届いて、煩わしかった。

お金のことを考えるたびに、私が退職することを人づてに知った職場の人から「あなたが辞めてもご家族の助けにはならんのちゃうかな。考え直してみたら」と言われたときのことを思い返した。何も知らないくせに、という気持ちには不思議とならなかった。

冷静な指摘で、同情されるよりずっといいと思った。けれどずっと、どこかで辞める機会を窺っていたのだろう。菓子パンを胃に詰め込んで、ぜんぶ吐いてから眠るのを止めたかった。頼むから生き延びてくれ、と願ってひとりで眠るのはいやだった。

＊　＊　＊

散髪をすることになった。

ぼうぼうに伸びてきた弟の髪を見て、切ってやりたいなあと父がこぼすと、母がバリカンを出してきた。弟の首に、食事のときにつけているナイロン生地のエプロンを巻きつける。母が櫛で毛を揃え、父がはみ出た毛をバリカンで刈っていく。私は落ちた毛を掃除機で吸い取る役だった。

エプロンをつけた弟はじっとし、自分の毛がぱらぱらと落ちていく様子をきょろきょろと見ていた。掃除機が追いつかなくなって、あとでまとめて吸おうと待っていたら、ウッディが割り込んできて、髪を食べようとしていた。

おいおいなにしてんの、と言って顔を上げさせると、湿った鼻に髪の毛がくっついている。

父とは仕事を辞めてからまともに会話していない。新卒で入った会社をあっさり辞めて戻ってきたことに対して、何かしら思っているだろうというのはあったが、引っ越しのために京都まで来て手伝ってくれたのは父だった。

二拠点生活をしていた父がこっちに来る日は、バイトのシフトを入れた。なるべく顔を合わせたくなかった。巡り合わせが悪ければ、はげしく衝突するだろう。いちいちやりたいことはなんだ、目標はなんだ、と突きつけられる。父は苛立つと、その怒りの矛先を母やきょうだいに向けた。

幼い頃の記憶を辿ってみれば、それはごくありふれた光景のうちのひとつだった。大抵、日曜の晩にそれは起きた。私の算数の成績が悪いとか、箸の持ち方が悪いとか、些細なきっかけを火だねに〈発火〉すると、父は手当たり次第に物を壊し、あちこち蹴ったり殴ったりした。彼の拳から血が流れることも多々あった。父が我に返った頃にはみな、泣きはらしているか、鼻血を出しているか、部屋の隅に隠れていた。彼は、静と動の目盛りの間をぐらぐら揺れて存在していた。どうしてそうなるのか、自分でも分かっていなさそうだった。

私は高校生になると、大人を腕力以外で殺す方法が知りたくて「青酸カリ　量」でググった。母にその方法を提案したこともあった。けれど「そんなこと言っていると地獄に行くよ」と言われた。あなたが生活できているのはね、と諭されると、この家を出ていくしかないんだなと思った。

地獄なんてどこにでもある。

視線は弟の髪とバリカンに注がれてはいるが、父が私の生活に探りを入れているのは明らかだった。これまで逃げていたつけが回ってきたと思った。仕事はどうなんだ。大学時代のコネとかないのか。リハビリは手伝っているのか。家のことに参加しているのか。目標はなんだ。晩酌の、酒の酔いも回っていた。悪酔いしたときの挑発に乗らず、できるだけ静かにしていたかったが、お前はいいよなあ、となじられると歯を食いしばって、がちがちいわせながら泣いた。

——泣くな、弟を見てみろ。動けなくて、こんな虎刈りにされているんだぞ。かわいそうだろう。

——かわいそうとか、そういう決めつけは失礼でしょ。

——ばか、かわいそうだろ。

ふんばる力が抜けて徐々に前傾姿勢になってきていた弟は、鼻水を垂らして泣きじゃくっていた。鼻水はエプロンの上につーっと垂れ落ちて、切った髪の毛にくっついた。

私は辛抱できなくなるとダイニングテーブルの上のティッシュ箱から数枚抜き取り、弟の鼻に押し当てた。ひねり上げるようにして鼻水を拭き取る。続けてティッシュを取ると、今度は自分の目鼻に押し当てた。

――高い金払って大学行かせてもフリーターか。くその役にも立たないな。

父はバリカンのスイッチを切ると、弟の首からエプロンを外して丸めた。そのまま車椅子を押して、風呂の脱衣所へと向かって行った。

私はかがんで、床に落ちている束になった毛を指でつまむ。隅に隠れていたウッディが出てきて、胸と膝の隙間から入って太ももの上に乗っかった。だめだよ、と言っておろす。落ちた髪を掃除機で吸い終えると、寝巻きやベッドメイキングの支度を手伝った。

入浴中はドアを開けたままにしている風呂場から水の流れる音がする。弟の着ていた服を集め、洗濯するものはかごに入れ、しないものはたたんでその横に置く。あまり運動しなかった日や寒かった日は洗うものが少ない。

大判のバスタオルをベッドに敷いておく。風呂から出たら、このバスタオルの上にどさっと寝るのだ。横たわった身体を半身ずつ拭いて寝巻きに着替えさせ、化粧水を顔に。それから水滴だらけの入浴用車椅子と、濡れた床を拭きあげる。

母だけでは湯船に入れることができないから、いつもはシャワーでできる限り温める。弟が湯船に入るのは、週に一度の訪問サービスの時と、こうして父が来るときだけだった。そのため父はジムに通い、身体を鍛えているようだった。訪問入浴では「浴槽そのもの」と三名のスタッフがやってきて、洗ってくれるらしい。プライベートな時間なので立ちあったことはないが、リビングのど真ん中で湯船に浸かるのは、どんな気分なのだろう。

弟の箪笥から寝巻きを取り出すと、いつもと変わらないくたくたした手触りだった。寝巻きに鼻を押し付け、すん、と吸う。柔らかな綿のにおいをかぎ、枕元に置いて廊下に出ると、母が腫れぼったい顔で風呂の様子を見に行った。私はリビングに戻って、ウッディを撫でていた。

しばらくして、バラエティ番組の後ろで流れるような太い笑い声がふたつ重なって聞こえてきた。怒鳴り声から何まで、近隣の住民には筒抜けだろう。

そっと脱衣所を覗くと、母はスマホを持って浴室のほうに向け、写真を撮っていた。瞳には涙が溜まっているように見え、光っていた。私は「なんでそんなに笑ってんの」と声をかけた。

弟の「ぃえーっ」という声がした。母の背後から浴室の中を覗くと、父と弟が火照った顔をして湯船にどっぷり浸かっている。「撮るよー」と声がかかると、二人はわざとおどけた顔をしてポーズをとる。弟は目を細めて、口を大きく開けて笑っていた。身体をこわばらせてはいるが、こうして湯に浸かっている姿を見ると、眠っているときと同じで自由に動く身体と差がないように見えてきてしまう。

もしかしたら、湯の中ではもう少し動けるのかもしれないというように。

ただ生き延びてくれたらそれでいい、と願っていたのに、どうにかしてぜんぶ元に戻らないだろうかと欲が出る。喪失を始まりにして欲を辿ると、果てしない。

父の機嫌はなおっていた。弟の肩にチャポチャポと湯をかけている。ここがもうちょっと動くといいよな、と腕を揉み、話しかけている。私と目が合うと、けろりとした顔で「入浴剤ないか?」と訊いた。

あるよ。母が答えると、スーパー銭湯で買った温泉の素があるから持ってきてあげて、と言った。私は脱衣所を出ると、玄関の近くの物置を探った。

ふと、玄関の靴箱に並んだ靴を眺める。弟が履かなくなったスニーカーは隅に並んでいて、彼がこれを履くようになるまでどれくらいの時間が必要なのかと思った。履けるようになるのだろうかと思った。私は自分の履いている、底の減った、汚れた靴を見つめた。

一包み持って戻ると、封を切って湯船の中にそっと注ぎ込んだ。父は「おい、見るなよ」と笑いながら、自分の手で下腹部を覆った。

黄土色の入浴剤が注がれていく。とろとろ浮かび上がる、夜泣き貝の形に似た広がりを見つめながら突っ立っていると、私はだんだんと目頭が熱くなってくるのを感じた。

湯船に浸かるという、たったこれっぽっちのことが介助なしではままならないはずなのに、どうして彼らの表情があんなふうに一瞬でも豊かになるのか、不思議でならなかった。弟から奪われたものの数を数え出したらきりがない。だが悔しいのは、誰も同じことだ。たった一人の息子、たった一人の弟、たった一人の兄。

みんなと風呂に入らなくなってから何年が経つだろう。彼らの下腹部に垂れ下がったものや、細くなった腕を見ないように、湯船から視線を逸らす。入浴剤をかき混ぜながら、父が「もういいぞ、あっちに行け」と言った。
私は脱衣所のドアを閉めると、溢れてくるものを堪えきれずにしゃがみ込んだ。

09

高校の校舎裏にあった、古い一軒家の犬を部活帰りに眺めてかわいがっていた。なんとなく目の隅にあったその家が犬を飼っているのを知ったのは、引退間近の初夏だった。軒先に繋がれた犬はお腹が大きく、いつもゆさゆさと歩いているので妊娠しているのだと思った。

同学年の部員の子たちと「破水しそう」「いつ産まれるんだろうね」と話していたが、お腹はずっと大きいままだった。あるとき、どうしてなのか飼い主のおばさんに思い切って聞いてみると、おばさんは「病気なの」と言った。「これは赤ちゃんじゃなくて、水」。私たちは気まずくなり、その家からそそくさと離れた。

その後も、前を通りかかるたびに近寄って犬を見た。鎖をちゃらちゃらと鳴らし、尻尾を振っていた。部活を引退するとその道はすっかり通らなくなり、あの犬がどれくらい生きたのかは分からない。

動物を飼い始めるとき、実際どれくらい生きるか分からないが、平均寿命を信じて「これくらいは生きてほしい」と祈るように引き受ける。けれど人の場合「どれくらい生きるか分からない」という言葉は、よほど年をとってからでないと交わされないような気がする。どうしてだろう。生まれた瞬間に亡くなった人や、「平均寿命」前に亡くなった人は、寿命を全うしなかったことになるのだろうか。

死期の選択。幼い頃からずっとそんなことを考えている。よっぽど死ぬことが怖いのだろうか。

二〇一九年七月のことだった。家以外の場所は暑すぎるか寒すぎるかだった。体感温度がばかになってしまうと、歩いていても眠たくなる。パートが終わった私は、首筋や背中にじっとり汗を溜めて帰宅した。玄関の扉を開けると、つけたままのエアコンから冷気が漂って、目が覚めた。

埃に似た丸いかたまりが、靴置き場の上をさっと横切った。クマオが小屋からの脱走を試みて、動き回っているところだった。家の外に出ては困ると思って、咄嗟に扉を閉める。彼は、戸が半開きになっていた靴箱の中に潜り込んで出てこなくなった。

五月に家に来て以来、こんなふうに抜け出すのは初めてのことだった。コンクリートの床に手をついて靴箱を覗くと、クマオは暗闇でじっとしている。黒い毛に覆われた瞳がわずかにきらめくと、その居場所が分かった。両手を突っ込んで捕らえようとするが、いつもより動きが素早い。

広い空間に出て、興奮しているのだろうと思った。私たちはしばらく睨み合った。何も言葉を発さない動物の感情を追う。怖いのか痛いのか、逃げたいのか。

クマオはこれまで脱走したこともなければ、鳴いたこともなかった。Tが言うには、ハムスターというのはもっとチーチー鳴くものらしい。私たちは彼の声を知らなかった。

私はゴールキーパーがやるような、両腕を広げた姿勢でクマオを角に追いやると、ようやく手のひらの中に捕らえた。ひげが震えていて、親指の腹に擦れる。怪我をしていないか確かめると、背中に綿埃が付いていたので取ってやった。

衣装ケースを改造して作った住処は、高さが五十センチ弱あった。ケースのちょうど半分の高さに水飲みボトルをくっつけていたので、それを足掛かりに外へ出たようだ。周りに柔らかいものは置いておらず、上から転がり落ちたときに身体を打ったはずだ。クマオを住処に戻すと、しばらくその中で走り回っていた。

毛繕いが一段落つき、落ち着きが戻るとドライりんごを持たせてやった。唇の内側のようなピンクの両手で、しっかりと掴んで食べていた。

これもまた、ハムスターというのはそういうものらしいが、与えた食料はすぐ寝床や遊具の裏に仕舞い込む。掃除をしようと住処に置いてあるものを順にひっくり返していくと、おが屑の下にはペレットやひまわりの種がみっしり敷き詰められている。どれも一口齧っただけのようだった。掃除をするたび、ぞわぞわと全身の毛が逆立った。隠すだけ隠して、掘り出さないことが怖かった。集めたら数か月分の餌になりそうだった。目を離すと、ドライりんごも彼の手から消えていた。

八月中旬の朝、衣装ケースの隣で支度をしていると、クマオは煉瓦製のコの字の遊具の奥から這い出てきた。お腹を床に当てて、ずり動くように進む。

遊具の横にはアルミの冷涼マットを敷いており、そこまで来ると腹や尻を擦り付けるように動いた。

それから一週間、毎朝その動きを繰り返していた。夏バテを起こしたのだろうかと思い、家の中で一番涼しい場所に移動させる。少しでも居心地よくいてほしかった。おが屑を多めに入れてやると、それを集めて大きな三角山のベッドを作っていた。時間を置いて覗きに行くと、山の頂に収まって眠っていた。


〇時を過ぎると滑車で遊び出すのは変わらなかった。輪の中を走るのでなく、滑車そのものを顔面で持ち上げては落とす運動を繰り返していて、私とTはそれを「筋トレ」と呼んだ。

深夜、衣装ケースの中からする物音で目覚めて見てみると、彼の身体の倍以上ある滑車は傾倒している。「俺にはこんなに力がある」と見せつけているようだった。けれど少しずつ、下半身が膨らんできている気がした。

夏バテを疑い始めて一週間経った頃、クマオの目は突然開きにくくなった。目脂と思しき分泌物がまぶたに張りつき始めた。濡らしたティッシュや指先で拭き取るが、際限なく出てくる。拭き続けていると身をよじって嫌がるので、近所の動物病院へ行った。

最後に動物病院に行ったのは大学時代だった。帰省中にウッディの目が開きにくくなり、母が運転する車で向かった記憶がある。私は後部座席でウッディを押さえてじっとしていた。何も言わずに片目をつむっている犬の顔は怖かった。このまま失明するのだろうか、と青ざめた。

犬の体温は三十九度近くある。ハッハ、と舌を出している彼の内側から、その熱が伝わってくる。口の中からドッグフードの匂いがして臭い。夏の気温も相まって、抱いていると、肘の裏から汗が出てきた。

獣医師からは「散歩中にあちこち嗅ぎ回っていませんか。茂みに顔を突っ込んだときにでも傷がついたのでしょう」と言われ、目薬が出た。ウッディの首には水色のエリザベスカラーが巻かれ、自分で目を引っ掻かないよう固定された。

帰宅したウッディを見た父は「宇宙からの帰還」と笑った。エリザベスカラーが宇宙飛行士のヘルメットに見えたらしい。「確かに」と私も笑った。笑った後で、宇宙に連れて行かれて死んだライカ犬のことを思った。ウッディの目はすぐに開くようになった。

ペットショップから家に連れ帰るときに貰った虫かごにおが屑を敷き、ペレットをひと欠片置く。クマオは虫かごに入れた途端、おが屑に潜って見えなくなった。私は虫かごを紙袋に入れると家を出た。からからに晴れた日だった。手のひらにかいた汗を、Tシャツの裾で何度も拭う。紙袋を落とさないよう、持っている手をしつこく持ち替えながら歩いた。

病院で受付を終えると、待合室の小さなソファに座った。膝の上に紙袋を置き、呼ばれるのを待った。両隣には、下に置いたキャリーバッグの中の猫を見つめる飼い主が座っている。片方の猫の喉が鳴っていた。

誰もが、事情があって来ている。けれど人間は、喋らない動物の代弁をしに来ているだけだ。代わりに喋ったとて、代わりに傷みを負うことはできない。せいぜい顔をしかめることくらいしか、できない。

慈しむように眼差しを向ける人もいれば、こんなに苦しまなければいけないのなら、いっそ早く、と思う人もいる。あるいは痛みを感じているかどうかすら、考えない人もいるだろう。薬を貰って帰るだけ――待合室は静かだった。

入り口の扉についた鈴が鳴ると、背の高いおじいさんが財布だけ持って入ってきた。袋に「3kg」と書かれたドッグフードを受け取って会計を済ませると、待合室を一瞥し、私の隣に座っていた人に話しかけた。

「俺はこいつのドッグフードには高い金払っちゃうんだよね。昔はさあ、ガムみたいなジャーキーあげてたんだけどさあ。病気してからはもう、ここのやつ」

こいつ、と指された犬はここにいない。話しかけられた飼い主はキャリーバッグの中にいる白い猫を指しながら「この子は腎臓をやっちゃって」と小さな声で言った。おじいさんは「そうかい。腎臓」と繰り返す。狭い待合室の中で、全員がその会話を聞いていた。

「ええ、猫なんでどうしても」

ドッグフードのおじいさんが出て行ってから十分ほど経って、ようやく診察室へ通された。縦横七十センチほどの診察台の上に虫かごを置く。二、三歩離れたところに立って見てみると、ハムスターという生き物は明らかに小さい、と思った。獣医師はクマオの背中の皮をつまむと虫かごから持ち上げた。

触診しようとすると、クマオの身体から黄土色の体液が弾けるように放たれた。膿のようで、診察台の上と床に飛び散った。獣医師も「何か飛んだ」という顔をしたが、手元のクマオから目を離さなかった。背中の皮は伸びていた。

持ってきたメモを読みながらここ数週間の変化を伝えたが、目が炎症を起こしているからひとまず、と目薬が出た。目薬が効かない場合は、検査をするそうだ。

薬を受け取って帰ると、急いでクマオを住処に戻した。彼が衣装ケースの中を走り始めると、悪いことしたな、と思った。

「クマオちゃん」と書かれた薬袋に手を入れると、人間のそれと同じ遮光袋に入った目薬が出てきた。じっとしている隙を見計らってさすと、一回目は失敗した。クマオの細い毛は目薬を弾き、眉間に小さな水の玉ができた。背中の皮を引っ張って顔を上げるとさしやすいと教わっていたが、引っ張りたくなかった。

夜になって様子を確かめると、目はぱっちりと開いていた。

一週間後、クマオはぐったりして動かなくなった。身体は下膨れになって、腹水が溜まっている。すぐにでも死んでしまうだろうか。痛がりもせず、鳴きもしない。彼には喉がないのだろうかと思った。

最初に行った病院では打つ手がないとのことで、専門医のいる病院へ向かった。電車を乗り継いで二十分の、丘の上の駅から歩いて進む。スマホの地図を頼りに病院を目指していたが、通信制限がかかって、地図が表示されなくなった。着くのが遅ければ遅いほど、クマオが弱って、虫かごの中で息絶えるかもしれないという考えが脳裡にわき上がる。駅に引き返すとタクシープールに走り寄って、乗り込んだ。病院名と薄ら覚えていた番地を伝え、五分もしないうちに開院間際の病院の前で降ろしてもらった。一番乗りだったが、すぐ後ろに犬連れが一組、入ってきた。

検査とレントゲンの結果、病名は遺伝性悪性腫瘍だということが分かった。背中の、脇の上あたりに腫瘍があった。

悪性腫瘍。それは潰れたグミの実のような形をしているだろうか。弟のときは羊羹だった。どれも食べ物に譬えるのはなぜだろう。どうして別のものに譬えることに意識を向けるのだろう。

思わず目を背けたくなることを伝えられるたびに虚構を作って、その穴に逃げ込んでいる。弟の脳を割って覗けるわけでも、クマオの背中を割いて傷んでいるところを見られるわけでもない。そこには知り得ない痛みがあった。

クマオは虫かごの中で背中を丸め、目をつむっている。獣医師からは「覚悟をしておいてください」と告げられて緊張したが、その声は穏やかだった。「悪性腫瘍が見つかるハムスターさんは多いんです。ペットショップで販売するような、こういう子の親はたくさん産ませるために無理やり交配をし続けるので、その過程で遺伝します」。

背中の皮はつままず、両手で包み込むようにして診る人だった。帰りの電車はがらがらだった。

利尿作用のある粉薬のほか、栄養を与えるための粉ミルクも処方された。家に着くと急いで水で溶き、スポイトに吸わせた。スポイトの先端を差し出すと、クマオは人間の赤ちゃんのように両手で抱え、喉の奥に突っ込んだ。勢いよく飲み始めると、ひげや鼻の周りに、ミルクがびちゃびちゃとはねた。飢餓状態だったのだろう。

私の目から、ぶくぶくと涙が溢れた。両手が塞がっていて拭うことができない。彼の下半身が膨らんだのは、腫瘍のせいで腹水が溜まっていたからだった。

その晩、寝床の隅に一回り小さくなったクマオがいた。腹水が抜け、むくみがとれ、身体が軽くなったことを喜ぶように動き回っていた。どんどん排泄が促されると、小屋の中は水浸しになった。キッチンペーパーを割いて敷き詰める。クマオの身体がぶるぶる震えたと思ったら、すぐに取り替えた。

動き回っているクマオに右手を差し出すと、その上に乗った。手のひらに、小さな爪が刺さる。

どこかに起因することがあると思って、私は自分の行いを反芻した。どこかで、あのとき、あの時点でこうしていたら、と今からできもしないことを組み立てる。

記憶を遡っていくと、五月の初めに辿り着いた。売り場にいた店員さんが眠っていたクマオを起こしてすくい上げると、その手の上にたくさんうんちをした。会計時に店から貰った紙切れには、生後約二か月、寿命二〜三年、と書いてあった。

他のハムスターが狭いケージの中でひしめき合っている中、クマオは踏んづけられながらも、起こされるまでぐっすり眠っていた。遺伝性の病気ということなら、もともと短いハムスターの寿命を考えても、初めから彼の寿命はさらに短いものだったかもしれない。一匹だけ眠っていたのも、具合が悪くなる兆しだったのだろうか。

値段の横に彼の寿命が書いてあったら、私は連れて帰っただろうか。少しでも寿命の長いハムスターを選び直しただろうか。けれど、丈夫かどうかあらかじめ掲示されるようなことがあれば、丈夫でなく生まれてきた時点で私たちは出会えなくなる。

クマオから「どうしてあの中から選んだの」と訊ねられたら「あなただけ眠っていたから」と答えるだろう。そんなのは理由にならないだろうか。私は、早く目覚めてほしいと願いながら誰かの顔を覗き込むことが愛だと思った。

翌朝、クマオは目をつむっていた。粉ミルクのスポイトを近づけても反応がない。目も口も、固く閉じたままだった。

匂いに反応してスポイトの先を舐めたかと思えば、吐き出して両手で拭い、避けられた薬は彼の鼻先を湿らせただけだった。病院に電話をし、ミルクに反応しなくなったことを伝えた。

彼は死に向かっていた。お尻から時々、水が出てくる。背中を撫でると、指の腹にこつこつした肌ざわりが残る。背骨が浮き出ていた。看護師は電話の向こうで、

――体力が低下しているので食べないこともあります。一口食べたら次の一口、また一口と食べていけるようになるまで待つしかありません。

と言った。

〇時を過ぎ、眠る直前にクマオの姿を見ると、衣装ケースの隅で丸くなっていた。明け方ふと目覚めると、死んでいた。私は寝ていたTを起こし、「死んじゃった」「硬くなった」と矢継ぎ早に伝えた。

私たちは衣装ケースの前でしばらく泣いていたが、亡骸をどうするか、もたもたしてはいられなかった。残暑は厳しく、まだ続くようだった。団地の庭に埋めようにも猫が来るし、鳩やカラスが見張っている。

私は、冷凍庫の中へ入れようと言った。腐り始める前に保冷して、眠ってから考えよう、と。物入れに使っていた工具箱は、クマオの棺に適した大きさだった。さっそく中身を空にしたが、私は硬くなったクマオを持ち上げることができなかった。毛は柔らかいのに肉が硬くなっているのがこわくて、Tに代わってもらった。死んだ動物を触るのは初めてだった。

ガーゼで包んだ亡骸を工具箱の真ん中に入れ、蓋を閉じる。箱をビニール袋で覆い、冷凍庫にしまった。

二日後、注文した植木鉢が届くと土を敷き、クマオを埋めた。冷凍庫から取り出した姿は、あの晩のままだった。生きているときほどではないが、鼻先や指先は薄桃色をしていた。血が通っていて、ただ眠っているだけのように錯覚した。

三年後の夏、私たちは植木鉢の中からクマオを掘り出した。骨になっていたら骨壺に入れようと思っていたが、彼はミイラになっていた。細くて柔らかい毛はそのまま残っている。

＊　＊　＊

朝、六時半を回った頃だった。首輪をしていない裸の犬がマンションの前をうろついていた。顔は土佐犬に似ているが、図体は中型だった。雑種犬だろうか。

ウッディを散歩させていた私は、その犬の姿を十メートル先の細い道の上で捉え、足を止めた。犬に襲われそうになったら鼻っ柱を蹴れ、と父から聞いたことがある。けれどあの犬は野犬なのか、飼い犬なのか分からない。毛艶は悪くなかった。

最短経路を通って家へ帰るには、犬の前の角を曲がる必要があった。そろそろ七時近くなる。まだ成犬にならないウッディを抱いて、再び歩き出した。反対に、迷子犬はうろうろするのを止めた。身体をこちらに向けて、真っ黒な瞳で見つめている。距離が縮まるに連れ、鼓動が高まった。

噛みついたり、覆いかぶさったりしてきたら逃げられないのではないか。角の前まで来ると、犬の表情がよく分かった。尻尾は振っていない。私はウッディが吠えないように口を押さえながら、ゆっくりとその犬の前を通り、足早に角を曲がった。開けた道に出ると、小走りした。振り返ると迷子犬はまだ同じ場所にいて、目が合ったが、追いかけては来なかった。

数日後も、別の場所で同じ犬を見かけた。帰る家がないのだろうか。帰っても、自分で首輪を外してまた出かけるのだろうか。

ウッディは脱走したら二度と戻ってこないだろうなと思った。「待て」と「お座り」しかできない。そのふたつがなくなったら、どこまでも走って行って、姿を見失うだろう。

九月下旬の早朝、母からウッディの名前を呼んでいる数十秒の動画が送られてきた。昨日から息が上がって、ケージから出てこないという。動画の中には激しくブレている箇所があった。揺れの合間に母の履いているスリッパが映る。ケージの中が映ると、ウッディは伏せていた。

すでに病院で診てもらっていて、睾丸付近、あるいは睾丸に腫瘍があるそうだった。明日手術する。

けれど、もうすぐ十三歳の「老犬」に入るウッディは、麻酔や手術に耐えられるか分からないらしい。母は病院で説明された通りに言った。また腫瘍か、と思った。

この先、誰かから病の正体を告げられるたびに「腫瘍のことだろうか」と身構えるようになるかもしれない。クマオの背にあった腫瘍は、結局どんな形や色をしていたか分からなかった。何年か経って掘り出したときにも残っているのだろうか。腫瘍だけでも分解されていてほしい、と強く思った。

私はつい十日前にウッディに会っていた。腫瘍があったということは、そのときすでに具合が悪かったということになる。けれど弱っている様子は見せなかった。動物だからだろうか。

その日は弟のリハビリ通院があった。ウッディは連れて行けないし、第一、留守番のできない犬だった。だからTと結婚して家を出るまでは、毎週水曜は私が一緒に留守番していた。留守番すると言っても、散歩したり定期的におしっこに連れ出してやったりするだけだ。

私がいなくなった後の水曜は母の実家に預けていたが、勤めていた派遣先が休みで、久しぶりに会いに行った。

玄関の扉を開けるとウッディは吠え、尻尾を振った。留守の間、私たちはベッドに丸くなって眠り続けた。眠っているウッディの身体に鼻をうずめて一気に吸い込むと、毛穴の奥から匂いがのぼってくる。ウッディはしきりに身体を曲げて、尻尾や足首をむぐむぐ噛んでいた。乾燥肌でかゆいのだろう。私はトリミングに連れていく前の、チーズや枝豆に似たその体臭が好きだった。

送られてきた動画の返事をどうするか迷っていたが、電話をかけた。今日、仕事が終わった後にでも見舞いたいと伝えた。母は「なにか変化があれば連絡する」と言って断った。

ウッディは私が十五歳のときに飼い始めた。土曜に学校から帰宅すると「家族会議」と父が言った。弟も少年野球の練習から帰ってきていて、私たちは顔を見合わせながらテーブルについた。

聞くと、父がホームセンターのペットコーナーでイチコロになった子犬がいるという。妹とカブトムシの土を買う途中で出会ったそうだ。どう思う、と訊かれた。私たちは賛成だった。最高だ。

けれど、母は強く反対していた。このマンションは「ペット不可」で、あなたたちは結局仕事や学校に行く。誰が面倒見るの、と言った。父は「それなら会社に連れていく！」と言い、私はそれを聞いて吹き出した。

母は口を真一文字に結んだままだった。夕方、全員で車に乗り込み、再びホームセンターへ向かった。もう売れているかもしれないが、残っていたら連れて帰ることに決めていた。

名前は、よく分からない由来で父が決めた。いつまでも「ペット不可」には住めないので引っ越した。

ウッディは私たちと同じかそれ以上に、お仕置きされながら育った。

ある日ケージに閉じ込められたウッディが不憫で、両親の不在中にこっそり出してやったことがある。妹もおらず、弟と二人で留守番している日だった。ケージから出して父に打たれたところを撫でてやっていると、ウッディは布地のソファでおしっこを漏らした。「やばい、やばい」。私は知恵を絞り、ドライヤーで乾かし続けるよう弟に命じた。

弟はやけに素直に応じて、洗面台からドライヤーを持ち出すと乾かし始めた。不安げな顔で「パパたち何時頃帰るの」と聞いた。私たちは風の音で声がかき消されないよう、声を張り上げた。

――分からない、とにかくぎりぎりまで乾かし続けよう。
――おねえちゃん、これちゃんと乾くの？
――大丈夫だよ。

家の前の駐車場に車が滑り込んでくると、ウッディを急いでケージの中に戻し、ドライヤーを片付けた。
ソファはすっかり乾いていたが、ケージの外に出していたことはあっけなくばれた。私たちが目を離した隙に、ウッディは大きなうんちを部屋のど真ん中にしていたのだ。怒られる、と身構えていたが、父は「すごい大きさだな」と感心しただけだった。

朝の散歩は私の役目になった。六時頃、まだ薄暗い空の下を歩く。子犬のウッディは道端に落ちたものを咥えたり食べたりしようとした。口の中に手を突っ込んで吐き出させると、そのうちやらなくなった。ウッディはよく旅にも連れ出された。海や山、街。家から七〇〇キロも離れた電信柱でマーキングしているのを見ると、なんて広い縄張りなんだろうと虚しく思った。

日付が変わった明け方、母から着信があった。出ると鼻水をすする音が聞こえてきた。「逝ったんだね」と訊ねる。今日のうちに火葬をするから来てくれとのことだった。

土曜の朝、転職活動をしていた私はある会社の面接を受け、昼過ぎに実家へ向かった。途中でTも合流し、花束を買って行った。ウッディの深みのある茶色い毛に合うよう、オレンジや黄色の花を使ってもらった。

十月に入ろうとしているのに、夏のような暑さが続いていた。電車に乗り込むと、私はスーツのジャケットを脱いで乱暴にたたんだ。

最寄り駅には母が車で迎えに来た。目が腫れていたが、車内では気丈に笑っていた。

リビングに安置されたウッディの唇をめくると、歯を食いしばったような跡があった。息を引き取る直前、空気の抜ける音がした、と母が言っていたのを思い返す。保冷剤を敷いた段ボール箱に寝かされた身体はきれいな状態だった。半身には祖母の編んだブランケットが掛かっている。母が施してあげたのだろう。私が昔あげた、ネズミの人形も添えられている。

しばらくすると祖父母たちが来た。祖母がりんごを箱に入れると、二人揃って涙をこぼした。

祖母はウッディに噛みつかれたことがあったが、あの傷は塞がっただろうか。

部屋を見渡すと、Tを除いて泣いていない人は一人もいなかった。みな、誰かから差し出されたティッシュを無言で受け取って、拭いている。

「悲しいに決まっているし、それは想像を絶するものだから、お別れのことは想像しないほうがいい」。八年前、はなちゃんに言われたことを思い返していた。

最後に彼女に会ったのもその日だった。はなちゃんは小学生のときに飼い始めた犬のピックを、大学生になって見送った。ピックとは、はなちゃんの家に行くたびに遊ばせてもらっていた。散歩について行って、うんちも拾った。ピックが死んだことを聞いても、はなちゃんにかける言葉は思い浮かばなかった。ぼんやりと「私もいつか同じ体験をするのか」と身構えた。

火葬まで一時間を切ると、「ウッディに手紙を書いて」と母からカードを渡された。文字なんて読めるのだろうかと思ったが、思いつくままに文字を連ねた。他の人が書いたカードと一緒に封筒に入れると、箱の中に収めた。祖父母とは別れ、二台の車で焼き場へ向かった。

母と妹の先導について行く父はハンドルを握りながら「どこまで向かうんだ」としきりに言

った。郊外の、険しい細道を進む。雑木林の中にこざっぱりした洋館が建っていた。地図にも載っていなさそうな、隠れた場所だった。ここばかりは、もう二度と来ることはないだろう、と思った。Tはほとんど喋らず、窓の外を見つめている。

車を降りると、納棺師と呼べばいいのか、建物の前に二人立っていた。妹がそのうちの一人にウッディの入った段ボール箱を預けた。

納棺師は箱の中身をすべて棺に移し替えた。作業場の窓はステンドグラスになっていて鮮やかだった。

花の一本一本、身体の向き、ブランケットのかけ具合。それらは棺の中で忠実に再現された。途中で「あら」という声がして振り返ると、ネズミの人形を見つめていた。「これはなんの動物ですか」と訊かれ、妹が「ネズミです」と答えた。

火葬の直前、私たちは棺の中のウッディを何度も撫でた。Tは何も喋らない。数回会っただけの犬の葬儀に参加して何を考えているのか、ちっとも分からなかった。

Tの前で初めて服を脱いだとき、「肩の傷はどうしたの」と訊かれたことがあった。実家の犬に噛まれたのだと言うと、彼はゲラゲラ笑った。

ウッディはチェーンの首輪の隙間に前足を引っ掛けることがあった。片足けんけんになるので足を引き抜いてやろうとしたが、うまく抜けない。苦戦していると体当たりしてきて、私の肩と腕に噛みついた。ひりひりして、犬歯がそこに食い込んでいるのが分かった。夢中で振り払うと、噛まれた場所には鮮血が広がり、深い傷ができていた。

まだ唸っているウッディに「ばか！　もうそのままでいろ！」と叫んだんだ、と再現すると、Tはさらに笑った。そして、犬は苦手だなあと言った。

焼き場は建物の地下にあった。細い階段で下りなければならず、車椅子の弟はTと上階で待つことになった。私たちが下りていくと、弟が「うあああん」と泣く声が後ろから聞こえてきた。

焼き場までの道には、共同で弔うための祭壇があった。犬や猫の写真が入った写真立てが、棚の上にいくつも並んでいる。私はこれまで焼き場というものに入ったことがなかった。箸で骨を拾ったこともなければ、骨壷の中を覗いたこともない。曽祖父や祖父の時には、子どもはだめだと言われて入れてもらえなかった。

物々しい扉の先に引かれたレール上に、棺が置かれる。亡骸を燃やすための機械を前にして足が震えた。見た目は無垢なオーブンだった。父は納棺師に何度で焼くのか訊ねた。

――八〇〇度前後でございます。

父は「熱いんだろうな」とこぼし、閉めたばかりの棺の蓋を開けた。ウッディの身体を撫で回す間、納棺師はじっと待っていた。再び蓋が閉まると、火葬炉に向かって棺が進んだ。父と母は繰り返し名前を呼んでいた。これまでも焼き場ではそうしてきたのだろうか。点火し、棺が炎につつまれた。棺の下の方からゆっくりと燃えていき、焦げ始めた。花も、手紙も、すべて燃え尽きて形を失う。妹も顔中を濡らしながら、ウッディの名前を叫んだ。ウッディ、と真似して呼んでみる。三人のようには大きな声を出せなかった。

炎の中からは、犬の吠え声が聞えた。
飼犬は供出するよういわれていたが、こっそり飼っている家もあった。連れて逃げるわけにはゆかず、繋いだままだったのだろう。犬とは思えない凄まじいケダモノの声は間もなく聞えなくなった。
（向田邦子「ごはん」『父の詫び状』収録　文藝春秋）

父は焼き場を出ると、煙突が見える場所を探してすたすた歩いて行った。ついて行くと、うっすら白い色のついた煙が空に昇っていくところだった。

一時間以上待って、バットの上に並べられたウッディの骨を見た。恐竜の標本のように、背中から尻尾までの曲線がそのままに示されていた。私は爪と喉、尻尾の骨を分けてもらった。

骨壷を抱えて実家に戻ると、父が「葬式に寿司はつきものだろう」と言って出前を頼んだ。Tはビールを注がれ、私たちは腹いっぱいになるまで食べてから帰った。

10

不仲、という言葉を見かけると「だからなんだ」と思ってしまう。バンドやアイドルグループ、知人や家族。なんでもそうだけれど、肌合いや方向性が少しでも違った人たちを不仲と示すことに何の意味があるのだろう。仲が悪いよりは良いほうがいい、というその道徳。

それなら私とTの関係は、見る人によれば不仲とも言えるかもしれない。口喧嘩だってどん詰まりまでやり合いたいと思っているのが私で、そんなの時間の無駄だと言い切るのがTだ。はっきりとした方向性の相違がある。いくら婚姻関係があったとしても、相手に迎合したい気持ちはこれっぽっちもなく、一人暮らしに戻ってみたいとすら思い、その気分をもてあそんでいる。別居したほうがいいとか、離婚したほうがいいとか、そんな話をするたびにTに対して思いやりに欠けたことを言っているのだろうと、自分で言った言葉なのに驚くことがある。というか、引いてしまう。

だからといって不仲ではないと思うのだ。そこに仲があるだけというか、私たちそのものが仲、というだけだと思っている。

けれどそういう生活を送る中で、Tが「このままだと僕はだめになる」と涙を浮かべて訴えたことがあった。どうして、と探ってみると、私の立ち振る舞いが最近ずっと、不可解だからということだった。

確かにそうだった。鬼の形相で泣き喚いたり、外出途中で着ていた上着を投げ捨てたり。いろいろ思い当たる節はあったが、彼がそれを受けてここまで痛めつけられているとは思いもよらなかった。Tはクールに、適当に受け流しているのだろうとばかり思っていて、私はうろたえた。それで「すぐにクリニックの予約を取るから」と言って、その場は収まった。二〇二〇年の冬だった。

＊　＊　＊

3、とだけ書かれた扉を開けて中に入ると、テーブルと椅子が用意されていた。こざっぱりしていて、診察室としては使われていなさそうだ。椅子にかけると「これまでのことをお話ししてください」と言われた。

来たそばから帰りたくなった。どこから始めたらいいか分からない。私は、目の前の女性だってしっかり聞く気はないのだろうと思い込んでいた。実際、思い込みには変わらないが、それはさほど見当違いな思い込みでもなかったのではないか。ロールプレイというか、クリニックごっこをしているかのように思えた。簡素な部屋にいることがそうさせたのだろうか。

どこから話せばいいだろう。覚えていること、考えたこと、見たこと、起きたこと、すべてだろうか。それとも、覚えていたこと、考えていたこと、見えているもの、起きているものも含まれるだろうか。それ以外にも、洗いざらい打ち明けたらいいのだろうか。私が記憶しているものの正しさは、いったい誰が認めるのだろう。

どこを見ていればいいか迷い、女性の爪に焦点を合わせると、ピンクのマニキュアがうすく塗られていた。こういう貝って海辺によく落ちているよな、と思った。ボールペンをアロハのハンドサインみたいな握り方で握って、私の発言を書き留めようとしている。ペン先にあるA4用紙には余白を区切る枠線が引かれていた。彼女はそのままじっと待っていた。

こんなふうに人を待たせるのは久しぶりだった。返事もリアクションも速いに越したことはないと、ほとんど狂信的にやるたちなのに、どこから手をつけたらいいか分からない。

ここにいる理由は、まさにそれだった。「どこから手をつけたらいいか分からない」。だからここに来て、細かい項目に分かれたチェックシートと問診票をくそまじめに埋めて渡したのだった。

その中では「気分がふさぎますか？」という問いに対して、どれくらいふさいでいるか数字で表せばいいだけだ。５なら、５と点数をつける。丸なら丸をつける。いつからですかと問われたら、いつからなのか書けばいい。いつからなのか、思い出す。

しかしここで何をすれば、私に見合った診断が与えられるのだろう。今度は自分の指を見つめる。爪を噛むのは七歳のときにやらなくなったが、ここ一、二年でまた噛むようになっていた。

女性の髪の毛は真っ黒だった。水色がかった不織布マスクをつけ、まぶたのあたりで前髪が切り揃えられている。だから顔は、目元しか見えない。まつ毛はカーブしていて、マツエクか何か施していた。

私がひと目で何歳か分からないように、彼女のことも分からない。瞬きもせずちんまりと待っているのを見ていて、この人のことはあまり好きではないと思った。というか嫌いだと思った。私はバッグからハンドタオルを出すと、マスクの上から口に押し当てながら訊ねた。ついでに目元も拭った。

――これまでって言っても、どのあたりから何を話せばいいんでしょうか。

すると語尾に被せるように「これまでのことです、どこからでもいいですよ」と返事があった。どこからでもいい。そう言われると、よけいに居心地が悪かった。でも、私はそこで腹を決めたというか、演出しようとしたのだと思う。

とりあえず近い過去から順に、喪ったもののことや、そのときの心情を並べた。難しかった。どういうふうに言えば、この人が分かるとか、納得するというような段階までいくのだろう。迷いながらも、話は少しずつ広がりを見せた。気づけば垂れ流しのように、幼い頃の深い記憶まで遡って、広がっていった。

私の言葉の端々には、本心ではないことも少しずつ混ざっていたと思う。昼夜問わず泣き喚いてはいたけれど、その状態を変えたいというよりは、これ以上Tを泣かせたくなかった。だから本当の患部に穴が開いているとしたら、私はそれを迂回して、避けてしまった。一刻も早く薬や診断書を受け取るために「まさにどん底にいる感じ」を無理やり引き出したのだろう。

何を喋ったのか、今も思い出せない。今も、というかずっと思い出せないはずだ。記憶するのを放棄した時間だった。女性は臨床心理士だったのか、それすらも分からない。

喋り終えると「待合室でお待ちください」と言われ、部屋を出た。カウンターテーブルのある、窓際の席につく。院内に流れるジブリのオルゴールメドレーを延々と聴いていると、耳の外側がかゆくなってくる。キンキンした高音が大きく鳴っていて、明らかに音量調整ができていなかった。私は不機嫌になって、上着のフードを被った。

視界に入る窓ガラスには、千羽鶴が折りたたまれたまま貼り付けられていた。仕上げに膨らませるはずのお腹の部分がひしゃげている。

私の席から二、三メートル離れた壁には、畳一枚大の液晶テレビが掛かっていた。画面には、幼い頃何度も観た映画が流れていた。音声はなく、字幕が表示されている。映し出されていたカットは、記憶しているものの彩度よりずっと高かった。薄桃色だったはずの配色が、ショッキングピンクになっている。修正されたのだろうか。

手元の札の番号を呼ばれるまで五分も経っていなかったはずだが、随分長い間待たされたように感じた。呼ばれると、「これから診察です」とTにLINEを送った。診察室の扉には番号が振ってなかった。


先生と私の椅子の間には、感染症予防のため、移動式のアクリル板が立っていた。座ると、先生はキャスターの位置を少しずらして調整した。アクリル板を固定している木柱を見ると棘が出ている。あまりヤスリがけされておらず、手作りなのだろうと思った。

先生の手元には「3」の部屋から書類が回ってきていて、時々目をやるが、中身について問われることはなかった。その代わりに、とくに困っている症状は何か問われた。

——起き上がれないことに困っています。縦になって活動できないんです。

——ふんふん。

私は続けて、仕事がない日は一日中布団に潜って泣いているので困る、と言った。頭痛がしょっちゅう起こるのも困る。身体中が砕かれるみたいに痛いのも困る、と言った。

泣き喚くとどこかでスイッチが切れて、一気に力が抜ける。その後どっと途方に暮れて、最悪な気分になる。言葉にしてみると稚拙な感じがして、恥ずかしかった。

先生は「スイッチが切れる」という言葉にだけ明るい反応をみせた。「いろんなものが一気に押し寄せて高まって、弾けて、すっとなくなっていく感じでしょうか」と私に訊ねる。それがふさわしいというか、なかなか当たっていると思ったので「そうです、スパークするというか」と補足した。彼はスパーク、と繰り返した。

——自分なのか別の人なのか分かりませんが、声がしていることも。
——ふんふん。
——声はいろいろとうるさく言ってきます。それに邪魔されるのがいやで。
——ふんふん。

私はTに怒りをぶつけたり、泣き喚いたりしたときのことを思い返していた。心のどこかで「そんなことを言いたいんじゃない」と感じているのに、先生の言うように一気に押し寄せるものがあると、打ち明けたいことは奥に奥に、押し込められてしまう。Tに対して憤っているというより、別の原因があってそうなっているのだろうと自覚しているつもりでも、別のそれ、は何なのか不鮮明だった。単に自分のことが気に入らないのか、過去の嫌な記憶をなぞって自傷あそびしたいのか、それすらはっきりしない。

はっきりさせられない自分にも腹が立っていて、八方塞がりだ。

加えて、悪夢を見る機会が増え、口に出すことすら憚られるような痛ましい事件があると、自分も誰かに侵されるのだと思い、人を疑うことが当たり前になる。私は投げやりになって、

「この病院の受付の人も、さっきのカウンセラーでしょうか、あの人も、先生も裏で私の悪口を言っていて、さげすんでいて、本当は診たくないんだろうという考えがいちばん先にきていますよ」

「物音にも頻繁に反応します。常にイヤホンをつけていないと安心しない状態です」

と手の内を明かすように喋った。

先生は「スパーク」以降、口を挟まず聞いていた。相槌を打ちながら、電子カルテに文字を入力していく。そしてキーボードを叩くのを止めると「他に何かありますか」と空洞みたいな表情でこちらを向くのだった。

ひと通り伝えると、先生は「過剰に出ているドーパミンを抑えましょう」と言った。あなたには自律神経失調症と統合失調症の症状があるから、脳を休ませる必要がありますと言った。

症状に名前がついたのはよかったが、私は決まった量と間隔で薬をのむ習慣が続かず、内服以外に方法があるならそっちがいいと考えていた。けれど別の方法は示されなかった。診察の終わりに「これまでよく頑張りましたね」と声を掛けられたが、それは「これからは違う」ことを強く意識する言葉だった。脳を休ませたら、本来の自分を取り戻せるだろうか。本来の自分？　それはどの私を指すのだろう。

オーバードーズというのはこれくらいの量があればやり遂げられるのだろうか。薬はたくさん処方された。数というより種類が多い。なんとかパムやなんとかピン。胃薬やロキソニンまであった。頭には「技のデパート」という文字列がよぎった。

直前まで「ドクターショッピング」という言葉が浮かんでいたので、「技」はともかく、デパートというのはそのショッピングから派生したのだろう。自分がいいと思った治療方法が見つかるまで、買い物のように病院から病院を渡り歩く行為のことだ。そして、いいと思った場所や治療法が見つかっても、自分が「だめだ」と思ったらぱったり来なくなる。

数年前に勤めていた派遣先の病院で、それを知った。医療従事者からしたら止めてほしいことだろう。でも「これじゃ治らない」と思ってがんじがらめになる可能性は誰にでもある。

分厚い処方箋を握りしめ、クリニックの入っているビルの隣にある雑居ビルに移った。調剤薬局の薬剤師から「妊娠中かどうか」と訊かれたが、「オーバードーズをやってはいけません」とは言われなかった。薬剤師の白衣の胸ポケットには、インクの擦れた跡があった。何度もボールペンを出したりしまったりするからだろう。

帰り道で、仕事中と分かっていながらTに電話をかけた。彼はすぐに出て、病院はどうだったか私に訊ねた。症状に名前がついたことを伝えると、Tは「今日はファミレスで何かおごるよ」と言った。

Tはその二時間後、ハンバーグをつつきながら「ひとまず良かったね」と言った。私はこれからどう生活していくべきか、探っていた。死にたいわけではない。だから暮らしを続けていきたいけれど、何をしたらいいのか、一寸先は闇だった。

Tは「これまでにやって良かったことを思い出して、ひたすらそれと向き合うのはどうかな」と提案した。

そんな歌詞がたしかアンパンマンの曲にあった。口ずさんでみると、彼はそんな曲知らないと言った。

一週間後、またクリニックへ行った。先生から「あれからどうでしょう」と訊かれる。言葉を探って「何もおもしろいことがないです。退屈です」と言うと、医者は「おお、退屈ですか」と微笑み、キーボードを鳴らした。出された薬は、ほとんどのめていなかった。

のむと、深い眠りに導かれる。もう二度と起き上がれないのではないかと疑うほど、絶大な効果だった。布団の上で寝そべったまま何もできなくなる。私は人前で意識をうしなったことはないが、こんな感じなのだろうかと思った。こんなふうに前後の記憶が、すっと抜けるのだろうか。妹や弟も、こうだったのだろうか。

のみ続けていないので当然減薬されることもなく、別の薬も試すことになった。

精神科・心療内科にかかることを尻込みしていても、来てみたら皮膚科にいるときと大した差はなく、病院なのでそれはそうだが、皮膚科のほうがじっくり患部を診てもらっている心地になった。

顔中に広がったにきびのひとつひとつや、背中にできた吹き出物の集積。そけい部のカサカサしたところのひとつひとつ。患部をじっと見られて、その先に待っているのは「塗り薬」だ。言う通りにして塗っていると、だんだん治している気になってくるのがよかった。身体を労っている雰囲気が出る。

私は別の薬を試すことに抵抗があった。思い切って「眠ってばかりで他のことができなくなるんですが」と伝えると、いまは何より、脳を休ませなくてはいけないと念押しされた。

——ご自身の脳のキャパシティがたとえば「10」だとしますね。今、あなたは「4」なんです。たったの「4」で生活している状態です。なので、まず「7」とか「8」とかに戻してやる。そうやって脳が本来の元気を取り戻せたら、やりたいことをやりましょう。好きな音楽を聴いたり、絵を描いたりね。

そのまま診察は終わった。アクリル板の木柱から、この間より大きな棘が飛び出ていた。

会計受付には「3」の部屋の女性がいた。髪は明るい茶髪になり、マニキュアの色は濃くなっていた。好きになれない。「この人は知っているんだもんな」と思い起こしつつ診療代を支払った。

私が太っていたこと、顔や身体中ににきびがあって鏡が見れないこと。「顔の肉減らせばいいのに」とある男に言われたこと。病室で弱った人を見つめているほかなかったこと。非常時に食料を買い込む人の群れに動揺したこと。叩かれたこと、ぶったこと。身近な動物が死んだことや、世界の終末の夢。この人には話した。なにそれ、と思われていなかっただろうか。あるいは「私のほうがもっとひどいんだけど」とか。

＊　＊　＊

ドーパミンがたくさん出る前と後。ふたつのあわいには、目印がついているわけではないし脳波をみたわけでもない。薬局で薬を待つ間、いつから「そう」なのか、決定的な瞬間を思い返してみようとしたが、見つからなかった。「本当の患部」は少しずつ、ぱりぱり傷んでいったのだろう。気づいたらこうだ。

私は自分の身体や心に興味津々なくせに、懇ろな眼差しを向けることを拒んでいたようだ。

コンビニバイトのシフトを増やしまくっていた春休みに、もともとの体重から十七キロ減った。それは九歳か十歳のときの重さだった。ちょうど十年前の体重だ。

下宿中の食事は当然、祖母の作ったものに頼っていた。フライや煮物が別の皿に取り分けられ、冷蔵庫に入っている。それを大学やバイトから帰って温め直して食べていたが、だんだんと手をつけなくなった。祖母は、私の残したおかずを三角コーナーに捨てながら「あんなに食べてたのにどうしちゃったのよ」と言った。すぐに答えを出せる問題でもなかった。

ある晩、「胃が弱っているのであういうのは食べられない。私の分は用意してくれなくていい」と正直に伝えた。ああいうのというのは、肉やフライ、味の濃いもののことだ。祖母は眉をひそめながらも「そうなのね」と頷いた。

次の日の朝、祖母は土鍋いっぱいの煮込みうどんを作った。私は台所からの匂いで目を覚ましたが、彼らが外出するまで眠ったふりをした。何時間か過ぎ、居間のテーブルを見に行く。書き置きと卓上コンロが並び、土鍋がセットしてあった。

蓋を開けると二人前くらいありそうな量だったが、すべて私の分だった。温め直し、何口かすすっていると目眩がし、のろのろトイレに向かった。便器の前で身体を折りたたむと、喉の奥から酸っぱい液体が逆流してくる。正面の水溜りには咀嚼された白ねぎやうどんの白っぽいのがぷかぷか浮かび、茶色いマーブル模様の油が膜みたく張られていた。

別の日には、マクドナルドのハンバーガーが包みのまま食卓に置かれていた。私はそれをバイト先まで持って行って、ごみ箱に捨てた。

食事にありつけないほど困窮している人がいるというのは、お腹の深いところでは分かっているつもりが、脳は毛ほども分かっていない。食べたくなかった。

月経は二月を最後に止まった。今は三月の下旬で、テレビでは原発関連のニュースを繰り返し放映していた。五月に入ると、がんばろう日本！　という空気が漂い始めた。

少しの間、実家に戻ることになった。祖母は何でもいいから食べてほしかったようだが、私は最後まで拒んだ。

帰ると、父ときょうだいはぎょっとした目で私の姿を見た。母は「かわいいかわいい、大丈夫大丈夫」と言った。食事は、ささみを散らしたサラダや、鰹のたたき、小鉢に入った野菜のおかずなどが出た。気遣われている感じはせず、いつものご飯だった。けれど食べきれないものは、食欲旺盛な弟にあげた。弟は「こんなのも食えなくなったの」と笑っていた。

毎晩たっぷり眠った。東京に比べて余震が少ないと思った。少しずつ体重が戻ってきて、布団に背中を預けたときの沈み方が毎日、変わっていくのが分かった。

祖父母の家に戻る前日、客間で休んでいると母から「どうして食べれなくなったの」と訊ねられた。私はバイト先のフライヤーの匂いがきついからとか、メディアの報道がうるさいからとか、祖父母の家が窮屈だとか、いろいろ言ってみせた。どれももっともらしいが、どれも違うと思った。それで「これという決定打はない」とまとめてみたものの、母には見抜かれている気がした。

単純に、行き過ぎた減量なのだ。ずっと太っていたし、わずかな時間でも良いから痩身でいてみたかった。けれど食べなくなると、食べられなくなるものだった。

東京に戻ると、相変わらず祖母の食事は敬遠していたが、私は昨日よりも一口、一昨日よりも一口、とまた食べ始めた。

しかし、ちょうどいい落とし所はなかった。反動で太るのを心配し、動かずにはいられなくなる。大学の最寄り駅から校舎までバスに乗るのを気まぐれに止め、歩いて向かうようになった。

駅前に伸びる大きな並木通りに沿って郊外の霊園や畑を横目に歩き続けると、三十分ほどで着く。行きか帰りだけ歩くこともあれば、両方歩くこともあった。土曜には、昼の講義が終わって歩いていると、霊園付近のバス停に墓参り帰りの家族や、おばあさんが並んで待っているのを見かけた。

一度だけ天気雨にあい、バス停で雨宿りをしていると、大きな麦わら帽をかぶったおばあさんが「これ」と耳打ちしてアルミホイルの包みをくれた。

握り拳大の包みの中にはさくらんぼが十粒近く入っていて、水滴がついていた。一粒だけ食べてお礼を言った。人から貰ったものを食べるのは久しぶりだった。甘くはなかったが、捨てずに帰りの電車の中で食べ切った。

校舎の周辺は住宅街が続いていた。区画整理された道を歩いていて時々視界が開けたと思うと、小さな畑がある。私はその畑の前や近くの植え込みに、おにぎりが落ちているのを何度か見かけた。潰れて水気が出たのかお粥みたくなっている部分と、まだ米を一粒ずつ目視できる部分。サランラップで巻かれた手作りのおにぎりにはいつも、「のりたま」が混ざっていた。私の実家にも「のりたま」は常にあった。

蟻が列を乱して、おにぎりにたかっている。

初めは誰かの落とし物だろうと思った。でも二回目は潰れていなかったし、三回目に落ちていたのは以前より小ぶりのおにぎりだった。

これは、捨てる意思があってのことなのだろう。そう確信した。そしてこんなふうに道端に捨てるのは、子どもがやったことなんじゃないかと思った。身体の線が細い小学生を見かけると、あの子のおにぎりだろうかと勘ぐった。

八月になって本格的な暑さが続くと、私は歩くのをやめ、ロードバイクに乗り始めた。また冬が巡ってくると、再びバスに乗った。道に捨てられたおにぎりのことも忘れ、痩身を諦めた頃、止まっていた月経がきた。

＊　＊　＊

最初の受診から二週間経つと、母から透視術のように電話がかかってきた。

私はまさに通院途中の駅のホームでその電話をとり、今から精神科・心療内科に行くと打ち明けた。「知らない病名かもしれないけど」と前置きし、悩まされていた症状や診断内容も伝えた。母は開口一番、「Tさんに申し訳ない」と言った。

Tさんの家族にも悪いと言った。息子の妻が精神科に通って薬をのんでいるなんて恥ずかしいだろう、ということだった。実際、私はまだまだTに当たり散らしていた。けれどもう本当にやっていけないのなら、離婚すればいいだけだった。

母はそれ以外にも、薬の副作用はどうなっているとか、眠ってばかりいるなら家事をどうしているのだとかと詰問した。私が話し終える前に、次の問いを発する。矢継ぎ早だった。そもその行いが悪いと言われているようで悲しかった。自分の身体の話なのに、乗っ取られたみたいだ。

けれど、電話でよかった。もし面と向かって話していたら、母に掴み掛かっていたかもしれない。呼吸を見計らって「最後まで話を聞いてほしい」と割り込んで伝えると、母は静かになった。

私は「それって病気や障害への差別だよ」と吐き捨てるように言った。世間体を気にして嫁に出せない女の不具を嘆くのと一緒だ、とも言った。身体の内から熱くなってくる。もう少しで、その物差しで見た弟のことをどう思うのか、問うところだった。

――副作用が、って言うけど眠いだけよ。妊娠してないし子どもも産むつもりないし。

――わからないでしょう、ロキソニンってよくないのよ。

——わからなくないって。

母にはもう何も言う気が起きず、「本当に元気がなくて」とだけ伝えて電話を切った。

なぜ母は、私が子どもを得る可能性を思い浮かべるのだろう。新しい命を産み落として育てるには、それこそ「10」以上いるのではないか。「15」とか「20」とかある人が進むべき道ではないか。

私は明らかに足りていない。けれど足りていないから産んではいけないというか、いつか子が「2」や「1」になり、「0」になったとき、そうなったのは親が「4」だったからだと子が思えば、親を憎むしかなくなる。産んだ子に殺されるかもしれない。その前に殺してしまうかもしれない。

もっと愛してほしいのになんで愛してくれないの、と言われたら憤慨して、抱き締めるよりも先に蹴ったり打ったりするかもしれない。階段から突き落としたり、刃物を持ち出したり、火をつけたり。この子が二度と目覚めませんようにと祈るようになる。そんなことをしていたら命は足りない。

私は怒りや憤りの所在をうやむやにしてきた。こんなの許せない、と思うことがあっても、自責すればその瞬間はかき消せる。私が悪いんだ、私なんていなくていい、と自分を蔑ろにすることで、気持ちよくなっちゃっていた。

「本当の患部」があるなら、それだ。私の怒りや憤りの先にあるのは、「もう少し生き延びたい」という願いだ。行ってみたい場所も、見たい景色もたくさん残っている。このまま生きたい。だから、自分を殺すかもしれない人を産むのは怖い。

「産んでもあなたは変わらないよ、大丈夫」
「そんなの産んでみないと分からないよ、大丈夫」
「頑張って育てたらきっと大丈夫。物事は変わっていくんだから」

そうやって言える人の気持ちが分からない。

殺傷沙汰が起きてもなお、自分の子や親を愛していく世界が美しいとされるなら、その世界が少しずつ、確実に破滅していくことを私は願う。

私は母に心配してほしかった。「赤ちゃん」のように、私が産み得る命を含んだ身体ではなく、私だけの身体を心配してほしかった。

妹が生まれる少し前、母と弟と私で、風呂に入っていた。母は狭い湯船の中で自分のお腹を指すと、赤ちゃんがこの中にいるんだよと言った。

私は、弟も小さいのに、もっと小さいのが出てくるんだと思って「うっそー」とおどけたのを覚えている。弟は気づいたらそこにいたが、妹は別だった。

母は「本当だよ」「もうミルクも出てくるんだよ」と言い、目の前でお乳を絞った。母の身体に抱きついて乳房の先を見つめていると、乳白色の液が少しだけ出て、すぐにお湯に混ざってしまった。もう一度見たい、とねだると、母はまた絞った。流れ出る液体を静かに捉える。きれいな白色だった。

——ミルクってこんなのなんだ、みんなこれ飲んでたの？

——そうだよ。

ひと舐めしたが、味は分からなかった。お風呂のお湯も混ざっていたからだろう。母も自分で舐めて、ちょっと甘い感じ、と言った。

人が生まれる前の世界を知っているというのは、不思議なことだ。妹は元気に生まれてきた。けがや病気もするけれど、たくましく、はつらつとしている。

弟もそうだ。今もリハビリに通い、身体がどこまで動かせるようになるのか挑み続けている。

私には「良いに越したことはない」という優生思想の根っこが植わっている。

歩けないより歩けたほうがいい。喋れないより、聴こえないより、見えないより。「4」より「5」のほうが暮らしやすい、というように。博愛的な考え方に触れると、受け止めるよりも先に抵抗したくなる。

けれど、ある特質を「そうじゃない方がいい」と言うのは「あなたはいない方がいい」と言っていることと同じだ。私たちはただ存在しているだけでいい、と早く思えるようになりたかった。

とにかく先生に言われた通り脳を休ませようとしていたが、服薬を続けることはできなかった。通院日のたびに薬がどっさり出るのを黙って受け取った。その年の暮れ、最後に訪れた場所も病院だった。「ゆっくり過ごせるといいですね」と言われて、曖昧な返事をした。

年が明けると、母から突然郵便物が届いた。あの日の電話以来、会話していなかった。当てつけか何かだろうと思って開けてみると、私が父と母と三人でやっていた交換日記が入っていた。一緒に入っていたメモには「何が書いてあるかこわくて、ママは読めません。今も日記をつけている人が持っていてください」と書いてあった。

それはページ内にあらかじめ「お題」の用意してある交換日記だった。一九九九年から始まって断続的に続き、最後は二〇〇二年で止まっていた。何か絞り出すように書いていた記憶もあるが、書かれているものは本当に些細な、凡庸なことばかりだった。ペラペラとめくっていると、当時の匂いまで立ち上がってくるようだった。

ふと母のページで手を止めた。

三月六日（水）
ちょっぴりうれしかったこと：ないよ！
おもしろかったこと：ないよ。

今日のできごと：うれしかったこと、みつからなくてごめんなさい。今日、日記をかかなくてパパにおこられちゃった。ごめんね。これからはちゃんとかくね。

私は電話をかけ、郵便物のお礼を言った。産む、産まないの話にはならず、触れようとする気配もなかった。体調のことを訊かれると「よくなってる」と嘘をついた。

交換日記に「嬉しかったことも面白かったこともない」と記されていた日があったと話すと、あのときはとにかくつらかった、と漏らした。そして当時のあなたには悪いことをした、ごめんね。と言った。

私は言葉に詰まり「とにかくコロナに気をつけて」とだけ伝えて電話を切った。

年齢を計算すると、あの日記を書いた日の母と今の私は同じ、三十二歳だ。もし同い年で身近にいたら、不仲とは言わずとも友だちにはなっていなさそうだ。ＳＮＳで繋がることすらしないだろう。でも、「日記なんて書けない日があっていいじゃん」と言ってあげることくらいはできるかもしれない。

うれしかったこともおもしろかったこともない一日。そんな日のことはよく知っている。

11

ピースサイン姿のTはカニの絵がプリントされた鮮やかなつなぎの水着を着て、Tの母と手をつないでいる。快晴のようだ。ハローキティのリボンみたいな形のはさみを振り上げているカニは、子どもの胸元に収まっているのにぴったりと言って申し分のないカニの絵だ。まるみがあって、小ぶりなカニだ。

三年前、感染症流行のさなかにTの母から突然送られてきたアルバムには、Tの幼少期の写真がこれでもかと貼ってあった。L判に区切られたファイルに裏面同士を合わせて挿していくようなアルバムではなく、硬い台紙の上に写真を配置して、フィルムシートで覆うタイプの、昔ながらのアルバムだった。

台紙から一枚でも剥がそうとすれば、写真の表面が削れたり、破れたりしそうだった。私はそれが、「この子」に触らないで、とそれとなく忠告されているように思えた。

ふっくらした腕がやじろべえのように突き出ていて、今のTをそのまま縮めたような子どもだった。

Tに「この水着かわいいね」と掲げて見せると「親の趣味でこんな の着せられて最悪だ」と言って、そっぽを向く。だから時々ひとりで、この写真を見つめている。もしも私に子どもがいたら、こうして水辺で遊ぶこともあるだろう。

＊　＊　＊

Tとは結婚式も挙げず、指輪の交換もしなかった。ということはドレスもハイヒールもなしだ。幼い頃に夢見ていたことが実現して嬉しかった。けれど、Tは私に日常的に身につける物を渡したいと考え、AirPodsをくれた。夜逃げに等しい量の荷物で生活を始めた私を見て、実用性のない物を貰うのは嫌なのだろうと悩んだそうだ。その後も私が彼から貰うものは、もっぱら無形の「旅行」が多かった。

一方で彼に私が贈っているのは「平凡な暮らし」だ。おそらく。詳しくは知らないが、Tは幼い頃に本当の夜逃げを体験していた。

二〇二三年。五月の旅の行き先は三重県だった。鳥羽水族館で、ラッコの姿を目に焼きつけるのだ。いま、国内の飼育頭数は三頭まで減り、鳥羽にはそのうちの二頭が展示されている。「メイ」と「キラ」はどちらも雌で、とても広いとは言えない水槽の内で毎日芸を磨いて暮らしている。メイはラッコの寿命で考えたら、数年以内にはこの世からいなくなる。Tは彼女たちのファンで、水族館が自主制作した写真集まで購入していた。

Tは、水彩画家のおじいさんが被っていそうなバケットハットを頭に乗せ、意気揚々と家を出た。なんだか私は、この帽子を見るとやり場のない気持ちになる。数年前、ちょっとしたことでも口喧嘩の態勢になっていた私は怒りに任せて彼を傷つけた。私は私で、そしてTはTなりに頭を冷やす時間が必要だった。口論が一時停戦すると、Tはあの帽子を被って、どこかに出かけていく。おじいさんみたいな帽子がそうさせるのか、外出前にしょぼくれた顔で支度しているTを見ると、苛立ちもしたし、同時に強い庇護欲が湧いた。かわいそうだった。

その印象が強いためか、旅の途中にもつい気にして「おじいさんみたいだよ」と発してしまう。

水族館に入館すると、足早にラッコの水槽を目指した。昼の「お食事タイム」に間に合ったようで、二頭はイカか貝か、水中でも崩れない形状のシーフードを飼育員から与えられ、くちゃくちゃ噛んでいた。メイは早食いであっという間に食べ終え、キラの持っていた殻付き貝を横から引ったくると、自分のものにした。水槽前の通路の隅でその一部始終を見ていた女性は、一眼レフを構えたまま緩やかに口角を上げていくと、最後に破顔した。シャッターチャンスだった。

ラッコたちの泳ぎは滑らかだが、目で追っていたら酔いそうなほど反復運動を繰り返している。水の中に印でもつけてあるかのように、同じ場所で同じ泳ぎを見せ、ターンした。けれど、プールの中では二頭の実際の大きさが分かりづらい。

身体のひねりも加わり、細かい水泡を放ちながら、ゆがんだり元に戻ったりしている。その、掴みどころのなさはよかった。陸に上がった頃にまた見よう、とその場を離れた。

今回で二度目の来館だった。前回はメイしかいなかった。その約半年前に「ロイズ」という雄が死んでいて、ひとりで泳ぐ姿が記憶にあった。

ロイズはメイとのペアリングのために来ていたらしい。けれどメイからは受け入れられず、繁殖しなかった。雄も雌も、水族館で生まれ育ったらそうなるのだろうか。

一緒にいるのはいいけれど、しょっちゅう絡みついてくるのはいやだ、と感じていたのかもしれない。私と似ていると思った。

〈繁殖の適齢期を過ぎた高齢のラッコ〉。そんな文字面を動物関連のニュースの中に見つけるたびに、いずれ私もこんなふうに表されるときがくるのだろうかと思う。

産むとか産まないとか簡単に言うけれど、そこにある傷みを軽く見積もりすぎだ。

ラッコの水槽の隣には、バイカルアザラシが五、六頭暮らしている水槽があった。ラッコの前と比べるとがらがらで、ぼうっとできるくらいの空間があった。背後の人も気にせず突っ立ったまま、しばらく眺めた。

一頭、ぽつねんと陸にいて、ツヤっとした灰色の身体から、肉の赤身のようなものを外に出しているのがいた。出血を伴うような怪我があれば、客前には出ないはずだ。目を凝らすと、それは伸び続けるペニスだった。

私は人以外の動物がそうやって伸ばしているのを日常的に見かけると、トイレのウォシュレットに付いているノズル、あれが使われたまま引っ込んでいない個室に当たったときのことを思い起こしてしまう。散歩中にハッスルし始めた犬なんかを見ていると、だいたいそんなふうだ。

仄暗いアザラシの肌の上だと、なおさらその赤が目立った。他のアザラシたちは気にもせずプールで泳いだり、少し離れた場所でうたた寝したりしている。子どもの頃に見たら「あの子だけ血が出てるの?」と周りに訊ねたかもしれない。私は思いがけず、吹き出した。そして隣で静かに笑っていたTに「同じ雄としてどう思うの」と訊ねた。自分が持っていない部位について、知りたかった。

――前にさ、落ち着いたときにも膨らむって言ってたじゃん。

目の前のアザラシは引っ込める気配もない。あまり見ちゃいけないような気がしたが、Tは意外にもアザラシに視線を向けたまま答えた。

――うん、あいつもリラックスした状態なんじゃないかな。

――ふーん　なんか間抜けだね。

――間抜けというか……まあ間抜けだね。

アザラシは悠々とした表情をしていた。間抜けというか平和というか。別のアザラシに目を向けると、魚雷のような見た目でプールの中を漂っている。目を閉じたままでも泳いでいる。

館内の土産店に並んだラッコの商品は以前より増えていた。五年後には一体どうなっているのだろう。Tは店の前にあったガチャガチャの機械に硬貨を突っ込んだ。景品はメイとキラのアクリルスタンドだった。嬉々としてやり始めたが、回転レバーは錆びててびくともしない。近くにいた家族づれのお母さんが見兼ねてコツを教えてくれた。このガチャはいつもそうなんです、と言っていた。出てきたのは、殻付き貝を両手で掴んでいるメイの姿だった。

もう一度ラッコの水槽に来ると、彼女たちはちょうど陸に上がっていた。私たちの見ている通路から四メートル先くらいにいて、旗振り芸をやっていた。さほど離れていない場所に立っているにもかかわらず、その身体は水中よりもずっと小さく見えた。ラッコたちは旗の動きに合わせて大きく伸び縮みし、そのたびに歓声が上がった。

二泊三日の間、晴れたのは最終日だけだった。ホテルをチェックアウトすると、薄ら雲がかっているところもあったが、切れ目からは空の水色が見え、分厚い雨雲は去っていた。旅の起点にしていた賢島駅までの道には、昨日の昼から轢かれたままのカエルがアスファルト上に引き伸ばされ、べったり張り付いていた。国道で見かける、トラックから落ちた段ボールの破片が濡れてぼろぼろになったように、その身は崩れていた。「あのままずっとあるのかな」とTと話していると、橋に差し掛かった。

全長約一五〇〇メートルの賢島大橋の上から、湾を見渡す。

リアス海岸というのはこのことだ、というのがひと目で分かる。指の腹でなぞったら刺さって、痛そうな海岸線。橋の半分まで来ると立ち止まって、真下を覗いた。真緑。底なし、という言葉が頭をよぎる。私の首の高さまである欄干は汚れていて、あまり触れたくなかった。どんな旅行も、最終日は湿った気持ちになる。夏が終わって秋がきた、と思ったらうら寂しい気分になるのと似ている。早く家に帰りたい気持ちと、まだここにいたい気持ち。早く夏が終わってほしいと思いつつ、いざ終わったら、幻だったように感じる気持ち。

ピーク時を避けた月曜の朝ということもあり、人通りは少なかった。橋の上にはTと私しかいなかった。思い返せば、私たちの旅の最終日はいつも月曜だった。

Tはひらけた景色に向かってスマホを構える。きらきら光る海は美しい。私はこういう海を見つめていると、肉眼が一番いいと思ってしまい、あまり写真を撮らない。パシャパシャと撮ってしまえば、写っていない部分のことを忘れてしまう。そんな恐れがある。手持ち無沙汰の私は、写真を撮っているTにずっと訊いてみたかった話をした。

彼は性的に「果てた」ときに、海や山などの壮大な自然の景色が、頭の中を駆け巡るらしい。数か月前、胸元にたっぷり汗をかいたTの身体を引っぺがしながら、彼が「海が見えた」と言うのを耳にした。結婚六年目にして、初めて教えてくれたことだった。私はそんなの見たことがない。「え、海見えないの?」と訊かれると、「光は見えるよ」と答えた。

太陽の下で目を閉じると瞼の裏に届くもやもやした光や、頭痛の合間に訪れる鋭利な閃光のこと。

入り江近くに浮かんだ、ぼろそうなイカダの上にも人影はない。

——「海が見える」ときってこういう眺めがよぎるわけ?

——そうね、近い感じ。

私はしばらくの間、Tに身体を触れられることを拒んでいた。ちょっと肩が当たるだけでもいやだった。それが続くとTは「僕のことなんてどうでもいいんだ」と、珍しくばかみたいなことを言った。

「私はね、あなたを拒否しているんじゃなくて、性交渉にいい思い出がほとんどないわけ」

そう伝えると、私ってTのこと見下してるのかな、と暗い気持ちになった。性交渉を拒まれて落ち込むなんてばかみたい、と。

結婚前の性交時に、避妊具が破れていたときのことを思い起こす。私は血の気が引いて、すぐにピルを求めてクリニックを予約した。行くと個室で説明を受け、水の入った小さな紙コップとピルが手渡される。ピルのお金はTが出した。

クリニックから帰った私は「実は子どもを産みたいと思っていない」と彼に打ち明けた。Tは「今はそうかもしれないけど」「もう少ししてみたら考えが変わるかもしれないよ」と言った。それは私があなたに対して思っていることと同じだよ、とは伝えられなかった。時間の流れが左右する話ではないのだ。

橋を過ぎて駅まで来ると、列車の本数と発車時刻にゆとりがあった。近辺の小さな港の周りを散策すると、観光客がぽつぽついた。海とフェリーを背景に写真を撮り合う男女がいて、つばのある白い帽子を被った女性は、船のロープを巻きつける低い柱に足を乗せ、ポーズをとっていた。

雲は潮風で流れ、海面には太陽光がつき刺さる。マスクを外して磯の匂いをかいだ。知っている香りだ。私たちは「またどっか行こうよ」と労い合いながら、駅に引き返した。

＊　＊　＊

いつそうしたのか知らないが、母は、私が子を得ようとしないことについてTの母に意見を聞いたことがあるらしい。Tの母は「二人が健康で暮らしていけたらそれで」というようなことを母に伝えたらしいが、そう言うしかなかったのではないか。

そういう話がどこかで出ることは想像できた。三年前も、父方の祖母が母に「子どもは産まないのか」と聞いたそうだ。母は「あの子は服薬中らしくて」と濁した。それ以降どうなったのか知る由もない。一度くらい祖母から直接訊かれたのかもしれないが、覚えていたくもないことだった。

父は、ひたすら金がかかるのを痛いほど知っているのか、単に興味がないのか、私の選択について訊ねてくることはない。そういえば「孫の顔がみたい」と言われたこともない。彼は、弟が倒れた後から少しずつ、先のことを急いて話さなくなった。どこか「継承する」ことに対して、訝しい思いを抱いているのではないか、と思うことすらある。彼も気づいたら勝手に「父」になっていて、親や子との関係にずっと戸惑い続けているのではないか。

Tと結婚するとき、本当に結婚していいのか私は迷っていた。事実婚やシェアハウスのような形をとりつつ、どこかにまだいるかもしれない、子どもを得る意思がないような人と一緒になるほうがいいのではないか。そんな問いが胸の内にあった。と同時に、自分を好くような人がこの後現れるとも思えなかった。Tは善い人なのだろう。誰かに期待をかけて、待つことができる。それなら、私はそこで岩のように動かずにいようと思った。ただの意地なのかもしれない。というか意地悪だ。

そういえば、私はTと暮らして一、二年経っても持ち物を増やそうとしなかった。すぐ逃げ出せる準備をしていたのだろう。

けれど、できなかったし、しなかった。私たちは衝突があるたびに話し合った。話して解決することもあれば、平行線のまま力尽きて眠ることも多かった。

けれどTは私の話を横取りせずに、私の体験として聞いていた。僕とあなたは違う、という線を明確に引く人だった。

何時間も話し込んだ末に寝息が聞こえてくると、熱は冷めた。寝顔を見つめ、Tがどんなふうに夢を見るのか知りたいと思った。彼は一度寝たらしばらく目覚めない。そして明日の朝になったら、見た夢の内容を覚えていない。

二〇二〇年に私が通院し始めた頃、Tのきょうだいが子を授かった。Tは思いがけず叔父さんになり、私たちは早々に出産祝いを見に行った。

私は出生について過剰に反応しないよう、理性に締められた手綱を自分で握って、内心はらはらしていた。悪いことは何もしていないのに、こうして贈り物を送ることで「産まない罪」から逃れられるのではないかと思った。

デパートのベビー用品売り場は淡い色に包まれていた。

薄いクリーム色の肌着や、純白の衣服がきれいに箱詰めされたものから、大きくなっても遊べるような、対象年齢の幅が広い木製のおもちゃが飾ってあった。私は商品とその値段を順に見ていき、Tも「ふむ」という表情を作って、何がいいか見ていた。

服や靴下、ミトンの小ささ、そのひとつひとつに目を見張った。そして「私のではありませんｊ」という顔や「私は子を得るつもりがなくて、こちらの夫は得てもいいと思っている人なんです」という顔を作って、見てまわった。ずっと恥ずかしくて場違いに感じた。「産んだこともないくせに、趣味のいい出産祝いだと思われたいんだ」と私を嘲笑う私がいた。

売り場の隣には、広々したレクチャーコーナーがあった。赤ちゃんの人形を抱いて、洗い方やお風呂の入れ方を学んでいる人が二、三人いた。商品を包んでもらい、会計を済ませるとすぐその売り場を離れた。


翌年の二〇二一年に、心機一転して東京を離れた。休職を挟み、休養したおかげで薬をのまずとも症状は落ち着いてきた。

けれど新しい地でも変わらず、私はTと激しい言い合いになった。彼は私たちが子を得る可能性について「まだどうなるか分からない」と考えていた。あんなに言葉を交わしたのに、なんでまだ言うの、と思った。なんで何度も言う羽目になるの。「産みたくない」気持ちは、なにも人の誕生を呪っているわけではない。今すぐ死にたいわけでもない。無性に悔しかった。

私が言葉を探っていると、Tはヒールを演じるように、
「不妊治療している人をどう思うの、バカにしてるの」
「Uちゃんの誕生だって、あなたからしたら否定すべきことじゃないの」
と続けて言った。

Uちゃんは私たちがよだれ掛けやベビーフードを贈った子だ。もう一歳になった。

私はこの頃もTに触れられるのを拒んでいた。
それには明確な理由があり、勝手に妊娠させられるかもしれないと思っていたからだった。女としての身体を求められる。

物心がついてから「赤ちゃんがほしい」と思ったことが一度もない人の気持ちを、誰が分かろうとしてくれるだろう。そんなわけないでしょう、と軽んじられるだけだ。

自分の身体を蔑ろにする体験はしたくない。それは自己愛の強い人だと片付けられてしまうようなことだろうか。

昼過ぎに始まった話し合いは拮抗し、時計に目をやると、十六時近くなっていた。二時間以

上話していたことになる。もう今日は何もできないと思った。岩のまま居続けるというのはこういうことなのだろう。気の遠くなる作業だ。

子は、親の身体の中から「ここに生まれたいです」と言うことはできない。だから暴力的な親のもとに産まれ、「お前なんて産まなければよかった」と存在を責められる可能性がある。私には、その暴力を引き起こしたくない気持ちがある。私が母になれることがあったとして、もしも「子がいなかったらよかった」と一瞬でも考えることがあれば、それはたとえ想像の中であっても、子どもを殺したことになると思う。

子どもが「どうして自分は生まれてきてしまったんだろう」と悲痛を感じ始めたときや、それくらい大きな傷を負ってしまったとき、彼らは誰を責めたらいいのだろう。紛れもなく産んだ親だ。責めるといっても叱責することばかりではなく、生きていく方法を一緒に探してほしいという祈りが含まれている。

それは子どもからすれば、途方に暮れるほど長い時間を求めることかもしれない。それなら、こんな親は殺してしまおうとか、自ら命を絶てば悩まなくてすむだろうとか、命を消すことで手っ取り早く解決できると考えるかもしれない。

――そんなの、思春期なんかはそうだけど。もう親がどうって年齢じゃないでしょう。

Tはそう言ったが、私が懲りずに「話を聞いて」と言うと、次に言おうとしていた言葉を引っ込めた。

彼に話してきたことは、私の記憶を素のまま切り出した、粗っぽい光景の一コマだった。存在を否定されるような体験や、それに等しい葛藤や暴力を抱えて生きるうちに、「赤ちゃんがほしい」と思えない気持ちや「産まない」という選択が生存戦略のように私を支えた。それが土台になっている以上、おいそれと手放すことはできない。

なんでも知っているふりのうまいGoogleに「子なし」と打ち込むと、「子なし　夫婦　気持ち悪い」「子なし　夫婦　うざい」「子なしのくせに」とサジェストされることを私は知っている。そういう言葉で検索している人が大勢いるのだろう。あるいは少子化対策でサクラっぽいことをしているのか。

ずるいとか、幼稚だとか、子がいないことで悲惨な老後になるとか、煽ってみたいのかもしれない。けれど「子なし」と乱暴にくくられる人の中には、私のような人だけでなく、子を得たいと思っているのにできない人や、複雑な事情があって誰かと籍を作っただけの人や、実は子がいたけれど亡くしてしまったという人もいる。

どうして自分には子がいるのに、あの人にはいないんだろうと考えるとき、そこにははっきりとした暴力が潜んでいる。自分の想像力など、ひとりの人間に広がる深さや奥行きと比べたら存在しないも同然の軽さだ。

当然、思春期と言われる年齢の頃、私も母に「なんで産んだの」と訊いたことがある。彼女の「家族や子どもがほしかった」という返事は、未だに咀嚼できない。けれど、何か大切にしたいものがあるという気持ちは私も知っている。

Tは「理屈が独特すぎる」とこぼした。諦めたような表情で私の肩を抱き寄せると、たどたどしく「そんなに真剣に命と向き合っているならきっといいお母さんになれる、って思っちゃった」と言って、静かに謝った。私はその手をなるべく優しく振り払いながら「あなたがどうしても子どもがほしくなったら、そのときは離婚しよう」と伝えた。

いいお母さん。しっかり自分の命に向き合ってくれる——その理想。それは、Tの求めていた「母」なのではないかと思った。私が彼に対して「こんなお父さんがいたらよかったな」と振り返ることがあるように。けれど、私たちの親はすでにいる。

全員が別々の場所で生まれて出会った。

私が生まれる数日前、Tは海水浴に行っていた。カニの水着の写真に記された日付がそれを示している。一九九一年七月十五日。四歳児の真っ白い太ももは、大人のふくらはぎの高さにあった。そこがどこかは分からないが、波は立っておらず、水面は透き通っている。泥の被っていないきれいな砂利の粒が写り、穏やかな浅瀬の様子が切り取られていた。

Tはファインダー越しに覗く誰かに笑顔を見せている。泣かせちゃだめだ。

どこまで行っても水平線が一本引かれた仲で「ここが違う」「あなたのことが全然分からない」と言い合いながら、今は一緒にいる。

胸の内を洗いざらい打ち明けてから二年が経ったが、まだ離婚していない。

＊　＊　＊

鳥羽旅行から帰ると、さっそくアクリルスタンドを食卓に並べた。集めないようにしていたのに、気づけばこういうフィギュアが部屋中にある。

アクスタの隅には「ＭＡＹ」と書かれていた。五月生まれだから「メイ」。母は「ポテト」。父は「コタロウ」。彼らは自分たちにそんな名前がつけられていることを認識していたのだろうか。

私はアクスタを見つめて「メイの生き様っていいよね」と言った。Ｔは「どうして？」と訊ねた。

――まず、繁殖しなかったってこと。人間が「ラッコが見られなくなります」「乱獲していた歴史と向き合って養殖を」って頑張ってるけど、そうならなかった。絶滅したらそれまでで、さようならという感じがあって。

――ひどい考えだね。

――もう繁殖できないから少しでも本来の環境下で、ってキラと一緒にさ。雌同士で暮らして。むしろ進化したラッコの姿なのかもしれない。

――それって進化なのかなあ。だって、血が途絶えるんだよ。

私はTをからかって「血の話とか、傾倒先がヤバそう」と言った。Tも笑った。

――芸一筋を生きるラッコは進化形だよ、無理に繁殖しなくていい。

Tは「それってはんしゅっせい……」と言いかけると口をつぐみ、「独特だね」と誤魔化した。

私はTを睨みながら、自分の身体を簡単に言い表すような言葉はぜんぶ疑っていくしかないな、と思った。

どこにも当てはまる必要なんてない。気高く、はっきりとした主義や理念を持って生きるだけが生活だなんてことはない。日々は淡い。時々楽しく、時々つまらなく暮らすだけだ。もっとひとりの身体でいよう。何にも当てはまらない私に水をやろう。断片的な記憶を掘って〈たね〉を見つけることから始まっていくのかもしれない。

それは、とるに足らないどうでもいいことであればあるほど良い。

それは誰にも横取りされない、ちんけな私の話。

蟹の親子（かにのおやこ）

1991年生まれ。日本大学芸術学部卒。
事務員や書店員を経て、東京・下北沢にある「日記屋 月日」初代店長となる。
現在もスタッフとして働き、日記や、思い出すことそのものについて日々考えている。
本書が商業出版デビュー作となり、自主制作本に『にき』『浜へ行く』がある。

脳のお休み

2024年1月29日　初版発行

著者　蟹の親子
装画　中村桃子
装丁　川名潤
発行者　北尾修一
発行所　株式会社百万年書房
〒150-0002　東京都渋谷区渋谷3-26-17-301
電話　080-3578-3502
http://www.millionyearsbookstore.com
印刷・製本　中央精版印刷株式会社

ISBN978-4-910053-45-5

暮らす。暮らしを書く。暮らしを読む。

暮らし 01

せいいっぱいの悪口

堀静香＝著

本体 1,700 円＋税　1c224p ／四六変・並製

ISBN978-4-910053-31-8 C0095

今日生きていることも、昨日生きていたことも全部本当。明日生きたいことも本当。今がすべてで、いやそんなはずはない。適当で怠惰であなたが好きで、自分がずっと許せない。事故が怖い。病気が怖い。何が起こるか分からないから五年後が怖い。二十年後はもっと怖い。今がずっといい。でも今が信じられない。なのに、今しかない。（本文より）

暮らし 02

世の人

マリヲ＝著

本体 1,700 円＋税　1c192p ／四六変・並製

ISBN978-4-910053-31-8 C0095

三回目の逮捕の後、もう本当にダメかも知れない、という気持ちと、確実になった刑務所生活を一秒でも短くしたいという気持ちから、ダルクに通所することにした。アルバイトとダルクを両立させていること（社会生活に問題がなく薬物依存を認めその治療にあたっていること）、家族、友人との関係が良好であること（社会的な受け皿があること）が、裁判において有利に働くらしいということをプッシャーの友人に教えてもらったからだった。（本文より）

暮らし 03

いかれた慕情

僕のマリ＝著

本体 1,700 円＋税　1c224p ／四六変・並製

ISBN978-4-910053-40-0 C0095

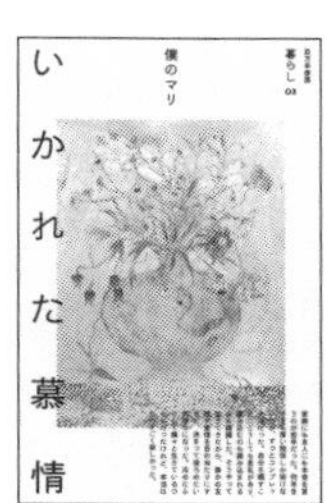

家族にも友人にも本音を言うのが苦手だった。何年生きても薄い関係しか築けないのが、ずっとコンプレックスだった。自分を晒すことにどうしても抵抗があり、踏み込むのも踏み込まれるのも躊躇した。そうやって生きてきたから、誰かの友情や愛情を目の当たりにすると、決まって後ろめたい気持ちになった。冷めたフリして飄々と生きているつもりだったけれど、本当はものすごく寂しかった。（本文より）

暮らし 04

夫婦間における愛の適温

向坂くじら＝著

本体 1,700 円＋税　1c204p ／四六変・並製

ISBN978-4-910053-42-4 C0095

まずもって、あの夫というやつは臆病すぎる。合理的であるということを隠れ蓑に、ただ予期せぬものの訪れを怖がっているだけ。なんだい、なんだい、びびりやがって。くされチキンがよ。だいたい、すべて計画通りの毎日なんてつまらないじゃないか。（中略）そのくされチキンがある日、なんの前触れもなく急須を一式買って帰ってきた。（本文より）